スペイン富豪の疎遠な愛妻

ピッパ・ロスコー 作

日向由美 訳

ハーレクイン・イマージュ

東京・ロンドン・トロント・パリ・ニューヨーク・アムステルダム
ハンブルク・ストックホルム・ミラノ・シドニー・マドリッド・ワルシャワ
ブダペスト・リオデジャネイロ・ルクセンブルク・フリブール・ムンバイ

THE WIFE THE SPANIARD NEVER FORGOT

by Pippa Roscoe

Copyright © 2022 by Pippa Roscoe

All rights reserved including the right of reproduction in whole or in part in any form. This edition is published by arrangement with Harlequin Enterprises ULC.

® and ™ are trademarks owned and used by the trademark owner and/or its licensee. Trademarks marked with ® are registered in Japan and in other countries.

Without limiting the author's and publisher's exclusive rights, any unauthorized use of this publication to train generative artificial intelligence (AI) technologies is expressly prohibited.

All characters in this book are fictitious. Any resemblance to actual persons, living or dead, is purely coincidental.

Published by Harlequin Japan, a Division of K.K. HarperCollins Japan, 2025

ピッパ・ロスコー

大学院で修士課程を修了したあとは、4 年間、BBC で医療ドラマに関わっていた。転職して出版社に勤め、5 年間編集者としてさまざまな経験を積んだのち、作家になるという夢を追いかけるためにロンドンからノーフォークに引っ越す。コーヒーが大好きで、長時間の散歩を日課としている。

主要登場人物

エミリー・カサス……………インテリア・デザイナー。
フランチェスカ……………エミリーの親友。
スティーヴン……………エミリーの義父。
ハビエル・カサス……………エミリーの夫。実業家。
レナータ・カサス……………ハビエルの母親。
ガエル・カサス……………ハビエルのおじ。レナータの弟。
ガビー……………ハビエルの異父妹。
エステバン……………ハビエル付きの運転手。
サンティアゴ・トーレス……………ハビエルの親友。映画プロデューサー。愛称サンティ。
マリアナ・トーレス……………サンティアゴの妻。
アレクサンダー……………ハビエルの知人。スヴァルディア国王。

1

ハビエル・カサスはオープンしたばかりのマドリード一ホットなナイトクラブ〈イン・ヴェノム〉の贅沢(ぜいたく)な時間をあとにした。大理石の階段を二段飛ばしでおりながら、疲れた目をこする。〝働きすぎだぞ〟ほんの数日前に親友のサンティアゴから言われた言葉が脳裏をかすめ、ふんと息を吐いた。サンティだって昼間は次の映画の準備をし、夜は別の作品の編集をやっているくせに、どの口で人に忠告をしているのか。

「ハビエル！」肉食獣を思わせる女の声が彼を呼び止めた。聞こえなかったふりをしたいが、深夜二時のひとけのない通りでそれは不自然だろう。

ハビエルは振り返った。女は階段の二段上にいたにもかかわらず、目線は身長が百九十三センチある彼には届かない。その背後、階段の上で戸口の前に立つ警備員の目をとらえ、ハビエルは小さく首を横に振った。この女性の相手は自分がする。どんなに拒絶しようが、彼女は一晩中ハビエルを追い回していたのだ。そもそも今夜は来たくもなかったけれど、四十九パーセントもの権利を――密(ひそ)かに――所有しているクラブのオープニングともなれば、顔を出さないわけにはいかなかった。

女は真っ赤な爪で彼の肩をつかんだ。「一緒にどこかへ行きましょうよ」

女が唇を舐(な)めた。セクシーなしぐさだとでも思っているのだろうが、ぞっとする。クラブの入り口のまぶしい照明が女の貪欲さを隠すどころかくっきりと照らしだす。

「家へ帰るんだ、アナリーズ」

「家に帰るよりやりたいことがいろいろあるの、ハビエル。手伝ってくれるわよね」

「アナリーズ」

「あたしがほしくないの？」ささやきながら近づき、止める間もなく彼のズボンのファスナーに手をかける。ハビエルは悪態をついて体を引き離した。

「もうたくさんだ（バスタ・ジャ）！」だが、女はやめようとしない。さらに彼の体へと伸びてくる両手をつかみ、ハビエルは下の段へさがった。「ぼくは結婚しているんだ、アナリーズ」歯を食いしばってうめいた。

女は天を仰いだ。「あなたが女性を連れてるところなんて見たことないわ。嘘（うそ）だってみんな知ってる。それとも妻は家に閉じこめてるの？　お望みなら、あたしが閉じこめられてあげてもいいわよ」

こんな会話をしている暇はないのに。運転手を待たせていて、五時間後にはミーティングの予定だ。ハビエルは返事もせずにクラブの警備員にうなずきかけた。男が彼女をそっと引き離す。

「送り届けてやれ」首をめぐらせてそう告げた。

相手が一も二もなく従うのはわかっていたので、ハビエルは車へ向かった。

「うるさいぞ」車にたどり着いた彼はぶつぶつと言った。運転手のエステバンは表情ひとつ変えていないが、苦笑いが伝わってきた。

「わたしは何も言っていませんよ、サー」運転手が言い返した。

車の後部座席に落ち着くと、ハビエルは携帯電話で翌日の予定を確認した。よし、これなら午前七時から仕事に取りかかれる。秘書が仕分けしたメール二百件に目を通したあと、異父妹、それに母と共有しているファミリーグループをチェックする。だがこの六年間会ってもいない妻のことが、考えたくないのにどうしても頭にちらついた。

自分の自制心のなさに腹を立てながら、先月見つけた雑誌の記事を画面に呼びだす。〈イギリスで話題の美人すぎるインテリア・デザイナー〉才能よりも外見に着目したその記事にはすでに十回は目を通している。そして見返すたびに彼の目は、夫を捨てた女性の写真へと引き寄せられるのだった。

写真はモノクロで、白いシャツ姿の妻がコーヒーカップを手に、とっておきの秘密を打ち明けようとしているかのようなまなざしをカメラに向けている。その瞳は輝き、左手の薬指はカップに隠れている。

結婚指輪はまだつけているのか？

車が減速し、いつもと違う道へ入った。ハビエルはバックミラー越しに運転手の目をとらえた。

「標識が見えにくいんですが、道路工事中のようです。こっちへ迂回の指示が――」

耳をつんざく金属音に続いてガラスが粉々に砕け、世界が横転した。ハビエルは気づくと逆さまになっていて、脇腹に走る激痛に息をのんだ。時間の流れが恐ろしいほど加速したかと思うとゆっくりになり、差しこんできた一条の光に彼は顔をしかめた。飛び散ったガラスの上に誰かがひざまずいている気がするのは錯覚だろうか。血が目に垂れてくるが、手で拭うことができない。

事故が起きたのだ。大きな事故が。〝病院〟という言葉が聞こえた。画面にひびの入った携帯電話が左側にあり、秘密を告げようとするかのようなエミリーの写真が見えたあと、彼の意識は闇にのまれた。

「オーケー、今日はここまでにしましょう」

「ですが、ボス――」

「もう深夜一時よ。みんなデートの約束があったり、家族が待っていたりするんじゃないの？」エミリーはからかった。この小さなチームを心から気に入っている。彼女と同じように仕事熱心でハングリーな集団だ。けれども、ハングリーさはともすると燃え尽き症候群(バーンアウト)の引き金になる。チームの健康は会社の利益と同様に大切だ。

「でもバスルームのタイルと、三階と四階の寝室のカラーがまだ――」

「どれも明日まで待てるわ」エミリーが強制的にコーヒーカップを回収すると、デザイナー二名と、建築士一名、そして頼りにしているアシスタント一名はようやく帰宅の途についた。

ひとりになり、エミリーはほっとため息をついた。コッツウォルズのノースコート・プロジェクトは順調に進んでいる一方、サンアントニオのレストランは難航していた。着手したばかりとはいえ、まだこれというインスピレーションをつかめないでいた。それなしではこのプロジェクトのすべてをひとつに結びつけられないのに。

昔から、エミリーの仕事の原動力はそのインスピレーションだった。心の傷を抱えてスペインから帰国した彼女は、行く当ても未来の展望もなくどん底に沈んでいた。そんなエミリーに親友のフランチェスカがボーイフレンドとの旅行中、自分の家を使うよう言ってくれた。条件はただひとつ、キッチン・ダイニングのリフォームを監督すること。夫が探しに来るのを期待するのをやめたくて、はじめはインテリア・デザイナーのあとをひたすらついて回っていたのが、いつの間にか業者間の調整をまかされるようになった。

リフォームに専念していた数カ月のあいだにエミリーは理解した。夫が迎えに来ることはないのだ。わたしが自分自身を見失いかけるほど愛した男性は、妻のいない日常を天気の変化みたいにたやすく受け入れた。心が折れかけていた頃、リフォーム・プロジェクトもちょうど終了した。そしてインテリア・デザイナーのマギーは、あなたには才能があると言い、デザイン学校へ行くようエミリーに勧めた。

　だから運を天にまかせてインテリアデザインの世界へ飛びこんだのだ。夜間に勉強し、日中はマギーのもとで働いて、会う人みんなから学んだ。初めて自分で仕事を引き受けたときは怖かったけれど、必死に学んで働いたおかげで大成功を収め、すぐに口コミで評判が広がった。プロジェクトをひとつに結びつけるインスピレーションこそがエミリーの強みだが、それは無理に引きだせるものではない。

　ベッドへ入る前の息抜きに、冷蔵庫を開けて白ワインを注いだ。カウンターに寄りかかり、バーモンジーにあるこの大型倉庫の静けさに浸った。長いテーブルには書類が散らばり、ノートパソコンが置かれているオフィスは、工場風の大型窓と注意深く配置された観葉植物によって居住エリアと仕切られている。

　ふわふわの白いラグが足元に敷かれたL字型のソファは、彼女のベッド以上に快適だ。開いていた雑誌のページに天井の照明が反射し、エミリーは思わず身をすくめた。そこに掲載されているのは先月取材を受けた記事で、どんな形でも宣伝してくれるのはありがたいけれど、男性記者は彼女の才能よりも見た目に焦点を当てて、軽薄なタイトルをつけていた。とはいえ、オフィスのウェブサイトの閲覧数が増えたことは否定できない。

　健全な仕事量をすでに超えているのはわかっていたが、仕事を増やすことで得られる安心感には抗えなかった。〝スタッフを増やすんだ〟スペイン人特有の肩をすくめるしぐさとともに、そんな命令が脳裏をよぎった。〝金ならぼくが出す〟

　その声は別居中の夫のそれによく似ていた。彼はいつもそうだった。自分の見たいようにしかものを見ず、誰のためにも、なんのためにも意見を曲げることをしない。だから、返事はノーよ。確実に事業を拡大できるようになるまで人手は増やさない。

ワインを口に含み、ひとけのないサウスロンドンの通りを窓から見おろした。小さなコーヒー専門店が、世界的コーヒーチェーンにまじって存在感を放っている。ヴィクトリア朝風のテラスハウスを豪華なアパートメントが睥睨し、アーティストたちのアトリエで溢れる波止場の横にはミシュランの星付きレストランが並んでいた。まさに混沌としたロンドンの美そのもの。このエリアには愛着があり、仕事も成功しているけれど、何かが欠けている感じがどうしても拭えない。この数年、そんな感覚が胸に忍び寄り、まるで仕事が安定し始めるのと入れ替わりに、もっと個人的な切望が頭をもたげてきたかのようだった。

窓枠にワイングラスを置き、左手にはめたシンプルなゴールドの指輪を見つめた。なんて慌ただしい結婚だったのだろう。時間が経ったら互いへの気持ちが冷めてしまうかもしれないと、ふたりとも当時から心配していたかのようだ。指輪も式も、ハビエルがもっと派手なものを求めていたことには気づいていたが、エミリーは密かに満足していた。シンプルなゴールドの指輪のほうが、わたしには少しも似合わない高価な宝石よりもずっと意味がある。

心を決めきれないまま、指を伸ばしてみた。指輪を外したら、もうもとには戻れない気がした。歯を食いしばって指輪を外し、グラスの隣に置いた。もやもやする気持ちを押し殺して息を吸いこみ、ワインを飲んで舌に広がる緊張の味をごまかした。不意に覚えた強烈な喪失感を振り払おうと、両手を開いては閉じる。

携帯電話の着信音にエミリーは飛びあがった。こんな深夜に鳴るなんて。スペインの国番号と見覚えのない電話番号が表示されているのが目に入り、悪い予感がして呼吸が速くなった。電話に応じ、〝はい、ミセス・カサスで間違いありません〟と応答したあと、力の抜けた指からワインのグラスが滑り落ちて粉々に砕けた。

なんという痛みだ。

締めつけられるみたいに頭が痛むし、息をすると真っ赤に焼けた三つ叉(みつまた)の槍(やり)で悪魔に脇腹を突かれたかのようだ。子どもの頃からの習慣でハビエルはうめき声をこらえた。いま自分がひとりでないのはわかっている、本当はひとりにしてほしいが。

少し前に母の声が聞こえた気がした。そのせいでふたたび意識が混濁したのは無理もないだろう。いまは聞こえてくる声に耳を澄まそうとした。男性が声を殺してしゃべっているが、いらだたしげな口調だ。やはり母がここにいるのか。

そろそろと息を吸いこみ、胸の痛みに悲鳴をあげかけた。室内のどこかでモニターがけたたましく鳴りだして会話を中断させ、ふたたび一定のモニター音に戻ると、話し声がまた聞こえてきた。

何が起きたのか、どうして思いだせないんだ？

ここが病院であることははっきりしている。

「彼を拘束しなさい！」母の甲走った声に、一瞬、自分のことを言われているのかと思った。

「彼は警察に状況を説明し、捜査にも協力しています。目下、彼にはなんの容疑もかかっていません」男性が説明する。

「そんなはずがないでしょう？」母のレナータが詰め寄った。「彼が運転していたのよ！」

エステバン。自分たちは自動車事故に遭ったのか？　エステバンは無事なのか？　モニター音がまたも速くなり、ハビエルはいらだった。質問したいのに口が動かない。

「彼に過失がないのは明らかですし、本日中に釈放されるでしょう」

「わたしの息子はベッドの上で動くこともできない

のに?」沈黙が落ちた。相手は母の非論理的な返答を理解しようとでもしているのだろうか。「ここの責任者と話します」いまや母は金切り声だ。

「わたしが外科医局長です」

「あなたの上司を呼びなさい」

「ミセス・カサス、わたしのオフィスへ場所を移しましょうか」

「わたしは息子のそばから離れませんよ!」あまりに聞き慣れた怒声はどんな痛みよりも強烈で、彼の額に冷や汗が浮かんだ。レナータは扱いが難しく、ハビエルは距離を取ることでしか母とつき合うことができなかった。異父妹のガビーがいなければ、月の裏側まで避難するところだ。彼の混乱した頭が脳裏に幼い頃の思い出をよみがえらせた。

〝お願い、ママ、痛いんだ〟

ハビエルはふたたび昏睡した。

次に意識を取り戻すと室内は静かで、重いまぶたをそろそろと開けてみた。まぶしい白さに目がくらみ、吐き気を催す前に目を閉じた。だが、静けさのおかげで頭を働かせる余裕ができた。ぼくは外出中だった。〈イン・ヴェノム〉、オープニングパーティー、店を出て……。

〝あたしがほしくないの……〟

不快な記憶に身震いする。エステバンが待っている車に乗りこみ……道路工事だ。衝撃を受けた瞬間を思いだし、ハビエルは身をこわばらせた。世界が回転し、血が目に入って……。

「エミリーとはどなたでしょうか?」聞き覚えのない女性の声が質問した。

ぶざまにも心臓が跳ね、またモニターが騒ぎだす。

「何度もその名前を繰り返されているんです」

ぼくが?

「誰でもないわ」答える母の声が刃物のように鋭く質問を切って捨てた。

ハビエルは頭が真っ白になり、一瞬、また意識を失ったかと思った。だが五感は室内のひりひりとした空気を感じている。

「お母様！　エミリーというのは兄の妻です」妹が女性に向かって説明した。

怒りがこみあげて首と拳がこわばる。妻は断じて誰でもない人間などではない。母が息子の選んだ妻に——スペイン語がまったく話せないイギリス人の若い娘に不満を持っていたことに驚きはしなかった。だがそれでも、妻は家族だ。

「あの女はただの——」

無理やり目を開けたとたん、ベッドのまわりが騒然とし、母の言葉は遮られた。誰かが彼の体に触れたり、つついたり、肩を揺すったりしている。痛くはないものの無視できるわけもなく、もう一度昏睡してしまいたい彼の意識を病室へつなぎ止めていた。

「ミスター・カサス？　聞こえますか？」

しつこい女性を退けようと手をあげたが、腕は数センチしか持ちあがらなかった。腹立たしさが喉を締めつける。大声をあげたい。くそっ！　なぜ体が自由に動かない？

「ミスター・カサス、ここがどこかわかりますか？」

しゃべろうとしても声が出ず、代わりにうなずくと激痛が走ってハビエルは動きを止めた。

「お水をお持ちしますね。少しずつでいいので、自分で飲めますか？」

目の前にストローが差しだされ、何度か試した末に喉を潤すことができた。

「がんばりましたね」男の声だ——さっきの外科医局長か。「それでは、もう一度質問します。ここがどこかわかりますか？」

「ああ」声を絞りだした。

「なぜここにいるのかはわかりますか？」

ハビエルは目を細めて、頭にある言葉を発しようとした。答えを口にしかけたとき、男は次の質問を浴びせた。

「最後に覚えていることはなんですか?」

男が固唾をのんでいるのに気がつき、ハビエルの視線は室内へと動き——母、妹、医師、看護師——入り口で止まった。

「エミリー」

病室の入り口にたたずんだエミリーは、室内の光景に愕然（がくぜん）とした。ハビエルはペールブルーの病衣をまとい、上半身を起こされてモニターにつながれている。痛々しげなあざが頬を横切り、額には切り傷があるが、何よりショックだったのはその肌の青白さだった。

無我夢中で空港へと急ぎ、機内では気をもみながら、夫は無事だと自分自身に言い聞かせ続けた。ハビエルは無敵で、彼が事故に遭うなんてありえない。きっと何かの間違いよ。けれども二時間半のフライトは余計な考えをめぐらせる時間を彼女に与えた。

いまも自分が彼の最近親者である事実を深く考えないようにしても、おのずと鼓動が速くなるのがいやだった。ひとりスペインを離れてから最初の数カ月間に抱いていた期待を思いださせるからだ。けれども、あっという間に帰国してからの歳月のほうがハビエルとともにいた時間より長くなり、結局、彼が迎えに来ることはなかった。

病院に到着し、病室を通り過ぎかけたとき、夫の姿にはっと足を止めた。医師の質問に彼が答えるのにどきどきしながら耳を澄ます。夫の無事を確かめたかった。夫は無事に決まっている。アパートメントを出る直前にふたたび指へ戻した指輪に触れようとした瞬間、ハビエルが彼女の名前を口にするのが聞こえた。

彼と視線が交わり、その強烈なまなざしにその場で凍りついていると――。

「記憶喪失だわ！」彼の母親が叫び、心配で疲れきっていたエミリーは思わずあきれて目玉をぐるりと回した。ハビエルがふと笑った気がしたが、まばたきしたあとはその笑みは消えていた。

医師は入り口に立つエミリーに気がついてうなずきかけた。

「わたしのベイビーは記憶喪失になったのよ！　なんとかしなさい」

「ミセス・カサス」医師のきっぱりとした声にレナータははっとし、彼に導かれて廊下へ出たが、そこで息子の妻を見つけて顔を醜い朱色に染めた。

「なぜこの女がここに？」早口のスペイン語で吐き捨てる。

医師はエミリーに向き直った。「ミスター・カサスの奥様ですね？」スペイン語で尋ねる。レナータの前でエミリーを〝ミセス・カサス〟と呼ぼうものなら暴力沙汰になることには気づいていないらしい。

答えようとしたエミリーを彼の母親が遮った。

「彼女はスペイン語を話せないわ」軽蔑の響きは聞き間違えようがなかった。

エミリーは反論をのみこんだ。たしかに、ハビエルとつき合い始めたばかりの頃はスペイン語なんてわからなかった。だけど、あれから努力して学び、イギリスへ戻ったあとも使う場面があるかもしれないと考えて学び続けた。

レナータは視界からエミリーを閉めだすかのようにまっすぐ医師を見据え、そんな義母の態度にいまも傷つく自分にエミリーは驚いた。義母は最善のときでもエミリーの存在をかろうじて我慢していただけだった。そしていまは最善のときではない。

義母に反論するのはやめ、医師が英語で説明する声に耳を傾けた。肋骨（ろっこつ）三本にひびが入り、ひどい切り傷と打撲を負ったものの、奇跡的に骨が折れたりはしておらず、ほとんどは〝表面的な怪我〟らしい。医師の肩越しに、ハビエルが電極を胸から剥がそうとして看護師ともめているのが見えた。

夫がそちらへ気を取られている隙に、エミリーの飢えたまなざしは彼の姿をむさぼった。ベッドに対して彼の体は笑ってしまうくらい大きいが、肌のあちこちを覆う灰色のあざは笑い事ではない。出会ったときからハビエルはみなぎる生命力そのもので、危険なまでの魅力を放つその力強さに、エミリーは完全降伏したのだった。

ハビエルの注意が看護師から自分へ移ったのを感じるなり、エミリーは医師へ目を戻して尋ねた。

「彼の記憶に問題があるんでしょうか？」

「そうですね。脳震盪を起こしていて、ＣＴスキャンでも頭蓋内にわずかな出血が見られましたが、これは数日で治るでしょう。ですが、詳しいところは精密検査をしてみなくてはわかりません」

部屋の窓越しにハビエルと目が合い、そこに浮かんでいるものに気づくと彼女の思考は止まった。計算。決意。夫の思考プロセスは少しも鈍っていない。しかし医師はそれに気づいていないらしい。

「もしも……記憶喪失だった場合はどうなるんでしょう？」

「何をどれだけ覚えているかによりますが、リハビリの観点から言いますと、記憶の回復を強制することなく、患者を慣れ親しんだ快適な環境に置くことが大切です」

それから数時間の記憶は曖昧だ。精密検査のあいだエミリーは病室の外で待ち、義母はそれに満足した。彼の異父妹のガビーは廊下へ出てくると、何も言わずに隣に腰をおろした。記憶の中ではきれいなティーンエイジャーだった若い女性は、エミリーの手をぎゅっと握ってくれた。

これからどうなるの？　どんな検査結果が出ようと、ハビエルには助けが必要になる。彼はヘルパーを雇うのかしら？　マドリードのアパートメントへ移ったと何かで読んだ。恥ずかしいけれど、この六年間、彼の情報をいつもゴシップ欄で探していた。

彼は大丈夫。エミリーはマントラのように何度も自分に言い聞かせた。それさえわかればここを去れる。うまくいけば、一日休んだだけでロンドンへ帰れるかもしれない。

でも……それは嘘だとわかっていた。夫と最後に会ってから六年が経過したいま、ひしひしと感じる。時間切れだ。スペインの億万長者との結婚生活から、隠れ続けることはもうできない。エミリーの背筋を冷たいものが這いおりた。そのとき、医師が首をかしげながらも明るい顔で出てきた。

「検査結果は良好です。認知機能はすべて正常ですが、ここ数年分の記憶が白紙状態ですね。現在、ミスター・カサスの脳は外傷に対処しようと奮闘している最中なのでしょう。ですから、静かで落ち着いた環境が必要です。余計なリスクを負わないためにも奥様がそばについていてあげてください。ご主人は数日後には退院されます。奥様がご自宅で世話をされるんですよね？」

エミリーはハビエルにさっと目を向けた。彼はエミリーを見据えて待っている。

医師の言葉の意味が、自分に求められている役割が頭に浸透し、罠にかけられたことに気がついた。ハビエルは記憶喪失なんかじゃない。彼のまなざしはすべてを記憶している人のそれだ。それどころか、彼の目には怒りが揺らめいている。

夫はゲームをしているらしい。なんて腹立たしい。これが何年も前に家を出た妻に対する彼なりの罰なの？　きっと彼の頭の中では自分は何ひとつ悪くないのだろう。だけどハビエル・カサスも今回ばかりは致命的なミスを犯したわ。わたしはもうおどおどした若い花嫁じゃない。わたしは生まれ変わった。もしも夫がわたしの人生をかき乱すつもりなら、こちらも同じことをするのがフェアというものよね。

病室に入って夫の枕元へ行き、彼の手を取った。突然の触れ合いはどちらにとっても衝撃的で、一瞬、彼の瞳に炎がひらめいた気がした。でもこの人は十九歳だったわたしを抱きあげ、きみにこの世界を捧げるとささやいた優しい夫ではない。これは自分の決めた条件でしか世界を見せなかった男性だ。だから、わたしもこれから同じことをする。エミリーは身を乗りだすと、いかにも愛おしそうに彼の額から豊かな黒髪をそっとどかし、耳元にささやきかけた。

「わたしがこんな茶番を鵜呑みにすると思っているなら大間違いよ。あなたは必ず後悔する」

2

夫の帰宅の準備をするからと、エミリーは病院をあとにした。フリヒリアナにあるふたりの家の用意もあるが、本当は自分のために時間が必要だった。ミセス・ハビエル・カサスと名乗るのは、きっとこれが最後になるのだから。

鉄製のゲートを開けて家の前の小さな庭へ入った。真っ白な壁にブーゲンビリアのピンクが目にも鮮やかだが、枝葉が伸びて風にゴミが舞い、手入れをされていない庭のわびしさに胸が詰まった。

この場所が大好きだった。こんな家に暮らしているのが信じられず、夢中になって室内を装飾した。シングルマザーだった母がスティーヴンと結婚したあとに引っ越した、一階と二階にそれぞれふた部屋あるだけのモーデンの狭い家とは雲泥の差だった。実用性を重んじる義父はほぼすべてをベージュ色で統一した。けれども、と鍵を取りだしながら思った。ここはわたしのわが家だった。

鍵を回しかけて手を止めた。ドアの向こう側に何を見つけるだろう。寝室に落ちた女物のシャツ？　口紅、歯ブラシ……？　けれど、そんなことがあるとは思えない。夫婦関係がどうであれ、ハビエルはモラルに反する行動をよしとしないため、夫が浮気をすることはない。けれどそれは彼が結婚の誓いに忠実なだけで、わたしに忠実だからではない。

ドアを開けて懐かしさに立ちすくんだ。においさえ変わっていない。まるで昨日そうしたばかりのようにドア横のサイドテーブルに鍵を置き、ふたりで二時間口論した末に五千ユーロで買ったダイニングテーブルへ歩み寄った。いまだに信じられない値段だけれど、その美しさは否めない。オークの一枚板から彫りだされた蜂蜜色の木肌は季節を問わずぬくもりを感じさせ、エミリーは思わず手を滑らせた。ふたりはこの部屋で食事をし、涙が出るまで笑い、皿が床へ落ちて粉々になるのもかまわずにこのテーブルの上で激しく愛を交わした。下を見れば、あの夜こぼした赤ワインのしみがきっといまも見つかるだろう。けれども目に浮かぶのは、毎晩ひとりでここに座り、夫を待ちわびて寂しく夕食をとる孤独な自分の姿だった。

左端の階段の上が主寝室と予備の寝室だが、右手の廊下を進み、床から天井まで窓になっているリビングルームへ向かった。この家はフリヒリアナの中心部から目と鼻の先にありながら、石畳の通りとにぎやかなレストランからは離れ、大きな峡谷の底へと続く下り坂のてっぺんに位置しているため、緑が広がる峡谷の頂上を望む窓からは、運がよければ山に生息する山羊の姿を見られる。

ここで窓から外を眺めて何時間も過ごしたものだった。こんなに鮮やかな緑は見たことがなく、あの空の青色は人の手で作りだすことは決してできないだろう。部屋の右手には白と緑のタイル敷きの小さな中庭があり、そこから少し低い位置にあるプールを見おろせる。思い出が次々によみがえった。ハビエルにいきなり抱えあげられ、服を着たままプールに飛びこまれて悲鳴をあげるエミリー。その声はすぐに笑い声に変わり、服を一枚ずつ脱がされていくうちに声がかすれ、最後にはふたりを阻むものは何もなくなった。

プールを見おろし、夫と肌を重ねたのはあれが最後だったのだろうかと考えた。答えはわかりようもなく、それが無性に悲しい。胸が痛み、部屋を振り返った。大きな白い壁を見あげ、何も変わっていないのねと思った。この壁みたいに真っ白なキャンバスに未来を描くつもりでいた。でもその未来が訪れることはなかった。

夫は何ひとつ変えていない。それに家の中は埃ひとつなく、週に一度は誰かが掃除に来ているようだった。なぜかそれが腹立たしい。家を飛びだしたわたしは何年もつらい思いをしたのに、彼は何ひとつ失わなかった。わたしの人生は大きくコースを外れたのに、彼は何ひとつ変わっていない。

しかも、またしてもそれを繰り返すなんて。夫の〝記憶喪失〟のせいでわたしの暮らしは引っかき回され、仕事のスケジュールはめちゃくちゃだ。そんなことをする目的は？　わたしをからかうため？　何もなかったかのようにわたしを夫の枕元へと戻らせ、世話をさせるため？　それがわたしへの罰？

ええ、あれからたくさんのことが起きて、変わったこともあるけれど――わたしは仕事で成功し、渇望していた自信を手に入れた――変わらないものもある。そのひとつが夫婦で共同名義の口座へアクセスできることだ。彼の記憶がどこまで失われているのか確かめてあげましょう。

車がフリヒリアナへとカーブを曲がるたび、ハビエルは拳を握りしめた。バックミラー越しに運転手が心配そうな目で見てきたが、それを無視する。曲がりくねったこの通りのカーブならすべて頭に入っている。目隠ししていても運転できるくらいとはいえ、胃が引っ張られるのを感じると、工事標識を見落としたトラックに衝突されて横転した車内へ引き戻されてしまう。

妹が母を病室の外へ連れだすなり、ハビエルは携帯電話をつかんでエステバンに連絡した。幸い運転手は無事だったが、罪悪感と恐怖心にとらわれていたのはレナータのせいだろう。想定以上の気力と十分間を費やし、解雇はしないとようやく安心させた。

通話を終えると警察(ポリシア)がやってきた。制服警官二名は、ハビエルにはなんの嫌疑もかけられておらず、ゆうべのことを覚えているか確かめたいだけだとすぐに請け合った。エステバンを危うい立場に置くことは断じてできないため、ハビエルは記憶に関して家族と医師には嘘(うそ)をついたことをしぶしぶ認めて、覚えていることを話した。

警察官はまばたきひとつせずにうなずいた。「よくあることです」

警官たちが帰ったあと、億万長者が記憶喪失を装うケースは実際どれだけあるのだろうとハビエルは首をひねった。

ぼく自身、なぜあんな嘘をついたのかわからない。はじめは、そんなつもりはなかった。エミリーの名を口にしたのは彼女の姿が見えたからだが、それを母が勘違いした。だがあの場でエミリーを目にした衝撃に、彼は言葉を失った。妻は雑誌の写真そのままだった。年を重ねて以前より自信に満ち、振り返ることなく彼のもとを去った六年前にはなかった皮肉っぽい雰囲気がかすかに伝わってきた。

そこでモニターが鳴りだし、彼女の存在がハビエルの血圧にどれほど影響を与えるのかを病室中に知らしめた。彼は電極を剥がそうとしたが、エミリーも同じくらい動揺しているのがわかった。

そのあとの彼女の怒った顔は見ものだった。うちに秘められた妻の激しさには前々から気づいていた。結婚してから最初の一週間、ふたりをベッドに縛りつけた燃えるような情熱が何よりの証拠だ。だが彼女がそれを表に出すことはなかった。

〝わたしがこんな茶番を鵜呑みにすると思っているのなら……〟

エミリーまでの距離を縮める車の後部座席で、ハビエルはほくそ笑んだ。妻が強い女性なのは知っていたが、これまでそれを目にしたことはなかった。

一目見た瞬間から、ハビエルは彼女に心を惹かれた。この女性と結婚する、一生をともにするとわかるのは不思議な感覚だった。だが結局、その感覚は間違っていた。自分の根幹が揺らぐほどの完全な間違いだった。

では、妻はなぜ来たのだろう？　病院へはレナータかガビーに連絡するよう伝えればいいだけだったはずだ。だがエミリーはそうしなかった。そして妻が到着した時間から推測すると、スペイン行きの最初の便に飛び乗ったに違いない。病院での彼の最初の反応はショックと安堵、続いて激しい困惑だった。なにせ六年前、エミリーはひと言もなく彼のもとを去ったのだ。思い返すと彼女を責めたくなった、罰したくなった。記憶喪失の芝居を続け、夫を捨てた妻をどこまで従わせることができるかを見たい気持ちもあったが、良心には勝てなかった。彼女に真実を話さなくては。自分のために妻の生活をかき乱すようなろくでなしにはなれない。とはいえ、退院後は静養しなければならず、母の屋敷へ行くのはお断りだった。ハビエルは鎖骨の傷跡をさすった。あの家でどんな扱いを受けることになるかはわかっている。またも胃がすくんだが、今度はカーブのせいではなく、母との口論を思いだしたからだ。

〝息子は母親のそばにいるものです〟

〝わたしが世話をします〟でも〝心配はいらないわ〟でもない。あいかわらず、世界は母を中心に回っているのだ。妹は同情のまなざしを兄に向けた。あの母を理解しているのはふたりだけで、それが兄妹の絆となっていた。ガビーが母の癇癪の餌食にされるのは耐えがたいものの、一緒に暮らさないかと数年前に誘ったときは、母には誰か必要だからと妹に断られた。ハビエルは深々と息を吸いこんだ。母は干渉してくるだろうが、いつものパターンどおりなら少なくも数日は静かにしているだろう。その後、何事もなかったかのように金を無心してくるのだ。

つまりそのあいだに、エミリーとの関係にようやく片をつけられる。

〝嘘だってみんな知ってる〟

事故に遭う直前、アナリーズにそう咎められたのをふと思いだした。

ハビエルは歯を食いしばり、拳を握った。あまりに長いこと過去から目をそらしてきた。もはや避けることはできない。

坂に囲まれた街で車が石畳の細い路地に入ると、携帯電話が鳴りだした。秘書からだ。ハビエルの記憶に問題がないのを知っている秘書は、彼の銀行口座がハッキングされたようだと知らせてきた。

「そんなはずはない」彼は断言した。莫大な資産を保護するためにどれだけ支払っていることか。

「ですが、この三日間で九千ユーロ近くが口座から支払われています」

「この三日間？」金額よりそっちが引っかかった。

「申し訳ございません。これまでまったく動きのない口座でしたし、入院されていたので――」

「口座番号は？」

秘書はハビエルが暗記している番号をすばやく口にした。それは夫婦で共有している口座で、エミリーがスペインを去る何カ月も前から手つかずになっていた。支払い先を尋ねかけたとき、車はかつてエミリーと暮らした家へと続く道に入り、彼はぴんと来た。金が何に使われたのか、わかった気がする。


エミリーは唇を噛んだ。最後の買い物はちょっとやりすぎたかもしれない。この三日間で途方もない金額を費やして模様替えした空間を見まわし、リビングルームを飾るけばけばしいピンクの絵に顔をしかめそうになる。けれど高さが百五十センチもある陶器のオウムに比べたらまだましだ。ハビエルは記憶を失っていたとしても、あんなものを自宅へ飾るのを自分が許したとは信じないだろう。

とんでもない浪費ね。でも夫に嘘を認めさせたら、全額返済しよう。今後のプロジェクトに使えるものもあるかもしれない。オウムは別として、ひとつひとつの趣味は悪くなく、単に家に合っていないだけだ。サンアントニオのプロジェクトに使えないかしらと考えていたとき、タイヤが私道の砂利を踏む音が聞こえ、背筋がぞくりとした。ばかなことをしてしまったと、かっと熱くなる頬を手で扇いだ。けれどスリルも感じる。こんなにわくわくするのは何カ月ぶりだろう。

車のドアが閉まる音に、レースでごてごてと飾られた醜いクロスを急いでテーブルに広げた。インテリアデザインの腕を醜悪さの演出に使うのはおかしな気分ね。ノックの音に飛びあがったのも、きっと美意識が動揺しているせいよ。

玄関ドアを開けるなり、用意しておいた言葉は午後のまぶしい太陽にすべて焼き尽くされた。戸口をふさぐ男性を見あげて思わず目を細めたのも、まぶしさのせいだと自分に言い聞かせた。そこに立つ彼にどきりとしたからじゃない。肌がほてって鼓動が高鳴るのは、懐かしさのせいで欲望ではない。

けれども一瞬だけ忘れた。結婚後しばらくすると、ハビエルは仕事に没頭し、彼女はいつもここでひとりきりだったことを。友人もなく孤独で、母のように夫に頼りきり、自分のない女になるのを恐れたことを。

白いシャツにタン色のズボンをはいたハビエルの姿には、彼女が恋に落ちたおおらかで魅力的な青年の面影はなかった。傲慢さと紙一重の自信と、どんな口論にも勝つ頑固なまでの意志の強さをあいかわらず感じさせるけれど……いまの彼は大人の男性だ。広い肩、目元と口角のかすかな皺、黒髪にわずかに交じる白髪と無精ひげが権威と経験を感じさせる一方で、そのバイタリティは少しも衰えておらず、彼女はいまもなお圧倒されてしまった。

豊かな黒髪は後ろへ撫でつけられ、尖った顎はつねに挑戦的に見える。その顔は見慣れたものでありながら彼女の胸を締めつけた。彼と唇を重ねたい。そんな狂おしい衝動に、エミリーはシャツをつかんで彼を家の中へと引き入れたくなった。結婚して最初の数カ月は、何度もそうした。彼の瞳がきらりと光って顎がわずかにこわばり、エミリーの頭が警戒信号を発する。彼女は自衛本能から後ずさり、ハビエルを中へ通した。

「おかえりなさい」夫の反応を見逃さないよう、その顔をじっと見据えた。

これはいったいなんなんだ？　笑みを広げて衝撃を隠しつつ、頭の中ではそう叫んだ。ものの三秒のあいだで目に飛びこんできた大量の情報に、表情を必死でつくろう。

「どうかした？」エミリーは片足を後ろへ引き、小首をかしげて挑むように問いかけた。

彼は困惑して眉根を寄せた。「何か変えたか？」インテリアのことを話しているかのようにぐるりと見まわす。彼女がそれに飛びついて口を開きかけたところを、間髪をいれずに続けた。「きみのヘアスタイルだよ。切ったのかい？」

コバルトブルーの瞳がアルボラン海にひらめく雷のごとくかっと燃えあがる。エミリーは激怒していた。そして下劣ではあるが、ハビエルはそれを楽しんでいた。なんと言っても、悪趣味な模様替えをしたのは彼女だ。彼は顔をしかめそうになるのをこらえた。

「いいえ、伸ばしているところよ」小さくうめいたエミリーに、彼は頬をゆるめかけた。

自分の頭を指さす。「すまない、記憶障害のせいだな」すらすらと嘘が出た。彼女が寄りかかっている壁へと近づき、内心おののきながら、いちばん気に入っている家具を覆う醜悪なクロスから、リビングルームのけばけばしいピンク色へと視線をめぐらせる。

そして本物の脅威へと目を戻した。エミリーは白いシャツに裾をロールアップしたジーンズという愛らしい姿だが、彼の記憶を刺激するのは何も履いていないその足だった。ぼくが彼女の素足をとらえて土踏まずに唇を押し当てると、エミリーはくすくす笑ったものだ。それを思いだし、おなじみの怒りがハビエルの胸に燃えあがる。妻はぼくを裏切り、出ていった。だからたとえ卑怯（ひきょう）でも、いまもふたりを結びつけている最後の絆で彼女をいたぶってやりたい。

　彼女に覆いかぶさるように身を寄せると、エミリーは目を見開いて警戒し、彼を見あげた。逃げる時間を与えてゆっくりと顔を近づけるが、彼女がそうしないのはわかっていた。妻の香りがとうの昔に忘れていた欲望をよみがえらせる。彼女が口を開いてその吐息が唇に触れた瞬間、ハビエルは顔をそらして妻の頬に口づけした。

　脇腹に激痛が走って思わず息をのんだ。妻の瞳から怒りの色が一瞬で消え、彼の腕に心配そうに触れる。

「大丈夫？」妻は心からの気づかいを声に滲(にじ)ませた。

「ああ」だが痛みの波は止まらず、疲労感に息ができなくなりそうだった。これほどまでの痛みは初めてだ。弱った体が腹立たしい。

　ハビエルが一瞬でも注意を払っていれば、彼に心を閉ざされてエミリーの瞳が翳(かげ)ったことに気づいただろう。しかし彼は、痛みをこらえるのが精一杯だった。

　ふらつきそうになりながらリビングルームへ向かい、どぎついピンクの絵画を直視しないよう半目にする。エミリーが購入した絵画が法外な価格なのはわかっていた。ひとつには、たとえ悪趣味に走ろうとエミリーは昔から審美眼があるからだが、この三日間で彼女が使った総額を知っているからでもある。

　座り心地の悪い新品の長椅子にどさりと腰をおろした。たった三日でよくぞここまでやったものだ。だが、いくらかかろうとももとのソファを取り戻してやる。キャンバス地のごわごわしたクッションはなんの安らぎも与えず、徐々に痛みが耐えがたくなった。ようやく顔をあげると、彼の視線の先には人間大の白いオウムがいた。

　妻は悪魔にでも取(と)り憑(つ)かれたのか。

　鋭く息を吸いこむとまたも肺を針で突かれた。彼は嘘を認めるつもりでいた。仕事があるだろうに、わざわざスペインまで来させたことを謝ろうとさえ考えていた。だが、これはどうだ？

これは戦争だ。

エミリーは家の模様替えで彼を苦しめ、嘘を認めさせようとしている。だがそうはいくものか。ハビエル・カサスが負けることはない。じきに彼女は夫の許しを請うことになる。

3

サラダのドレッシングを混ぜながら、エミリーは不安を振り払おうとした。とんでもない思い違いだったのかもしれない。ハビエルはインテリアについて何も言わず、反応ひとつしなかった。あのオウムにはびっくり仰天すると確信していたのに。

本当に記憶喪失なの？

夫を観察してわかったのは、痛みを隠そうとしていることだけ。痛みのせいで彼の顔は血の気がなく、昔から彼はどんな弱さもつねに隠してきたのをまざまざと思いだした。はじめはそんなストイックさに惹かれたけれど、最後はそれが恨めしかった。医師は次回の来院まで、二週間分の薬の処方箋と用法、用量をメールで送り、何か必要なことがあったら連絡するよう彼女に言ってきた。エミリーは笑いをこらえた。わたしには辞書と計算機、それと頭痛薬が必要よ。

夕食のために用意したごちそうも目に入らず、右手の親指の爪を噛んだ。本当は彼が大嫌いだった料理を作ってあったが、あのキスのあと、エミリーはダイニングルームから逃げだし、料理を全部捨てていた。頰に触れると、いまも彼が目の前にいて、熱いまなざしで見つめているかのように胸が高鳴る。

フライパンのパドロンペッパーがパチパチ音をたて、急いで火からおろしたが、腕に油がはねた。ぼうっとしているからよ。だけど彼の好きなピスタチオサラダにスライスしたズッキーニを加えながら、考えずにはいられない。彼が本当に記憶喪失なら？

わたしにできるの？　何もなかったふりができる？　何時間も、何日も、ときには何週間も帰らない夫に傷つかなかったふりができる？　言葉もわからない異国でずっとひとりきりにされたのに？　出かけるとき、彼は高価な贈り物を残していったものだけれど、そんなものが夫の不在の埋め合わせになるはずはなかった。

でも一緒にいるときは……。キッチンの暑さとは無関係に、エミリーの頰は赤くなった。ふたりが純粋に激しい情熱の塊だった頃もあった。だけどそれだけでは結婚生活を続けていけないとすぐにわかった。夫婦にはもっと必要なものがある。わたしにはもっと必要なものがあった。

パドロンペッパーを皿へ移して海塩を振りかけ、サラダと一緒に緑と白のタイル敷きの中庭にあるテーブルへ運んだ。太陽は峡谷の稜線の向こうへ沈みかけ、遠くで細い筋のような海がきらめくのが見える。心はかき乱れていても、ここは自分の家だと魂で感じた。

〝病めるときも健やかなるときも〟

その言葉が彼女の心にそっとささやきかける。ハビエルに助けが必要なら与えよう。だけど今度は自分を与えはしない、与えられない。今度は。

ハビエルはパティオにたたずむ妻を眺めた。彼がいるのはかつてのお気に入りの部屋だが、いまは子どものらくがきのような色彩に目がチカチカして頭痛がした。料理よりも鎮痛剤を求め、歯を食いしばって立ちあがる。

おそらくエミリーは彼がもっとも嫌悪する料理を出してくるだろう。コーンビーフハッシュと呼ばれる肉とポテトを混ぜ合わせたものだ。缶詰肉など、存在さえ許されない。想像しただけでも胃がねじれる。ところが開いたドアからは懐かしいにおいが漂い、ハビエルはついテーブルへと誘われた。

しかし彼を惹きつけるのはエミリーだ。遠くを見つめる彼女はロンドンにいたときよりも手の届かない存在に見え、ハビエルの良心はうずいた。

「大丈夫かい？」尋ねずにいられなかった。

彼女が振り返る。もの悲しげな笑みを浮かべる唇は、かつて彼を魅了し、彼を愛し、そして彼をののしった。「わたしもあなたに同じことをきこうとしていたわ」

ハビエルはうなずき、返答を避けた。

「豚の血の腸詰め（モルシージャ）、サラダ、パドロンペッパー、ローストしたナス、マンチェゴチーズ……ごちそうじゃないか」

食卓を目にしたとたん、強烈な空腹を覚えた。どれから食べればいいんだ。彼の空腹ぶりを察したのか、エミリーは小さな笑みを浮かべて首を振った。

「好きなだけどうぞ」

彼は言われたとおりにした。皿いっぱいに料理を取っていく。レモンドレッシングが爽やかなサラダ、甘いクインスペーストを添えたセミハードチーズ、塩味のモルシージャ、そして新鮮なナス。「ぼくの好物ばかりだ」

「ええ」妻は当たり前のことのような顔で言った。

ハビエルは顔をあげて妻を見た。エミリーは白ワインのグラスを手に椅子の背に寄りかかり、その瞳には彼が二度と見ることはないと思っていた感情が浮かんでいる。不本意ながら、ハビエルの胸がちくりとした。だが彼の困惑したまなざしをエミリーは誤解したらしい。

「家族の具合が悪いときはそうするものでしょう」

「なんの話だ？」いまは完全に困惑して問い返した。

エミリーが眉根を寄せる。「相手の好物を作ることよ」

舌の上でマンチェゴチーズとクインスペーストの味が消え、彼は水に手を伸ばした。うなずいて視線をあげると、妻はこちらを見ていた。ハビエルは笑みを浮かべてナスを突き刺し、口をいっぱいにして言い返すのを避けた。

いいや。ぼくの具合が悪いとき、母は一度もそんなことはしてくれなかった。母は息子の不調を無視するか、自分自身に注目を集める目的で、逆に過剰なほど世話を焼くかだった。母に好物を作ってもらうなどという発想自体がわが家にはなかった。考えるのがつらい。これではまるで、自分には縁のない普通の人々の生活をうらやましげに眺めているかのようだ。

「きみの母親は何を作ってくれたんだ？」干あがった喉から声を絞りだした。

妻は彼の目を見つめている。「コーンビーフハッシュよ」

危うくむせかけた。妻はおかしそうに目をきらめかせ、彼も頬をゆるめて口の中のものをのみこんだ。興味があるからというより、習慣で問いかける。

「お母さんは元気にしているかい？」

夫がわざと話題を変えたのがわかった。だけど何気ないわたしの発言に彼は傷ついてもいる。それがショックだった。以前のハビエルは感情を隠すのがうまかったのに、いまは彼の困惑、喪失感がわたし自身の感情みたいに伝わってくる。にもかかわらず、彼は返答を求めてこちらを見つめている。

お母さん。いつものように背中がこわばり、エミリーはテーブルから峡谷へと目を移し、夕空にまたたく星を見つめた。気持ちを落ち着かせてから、ハビエルに視線を戻す。

「あいかわらず。いまもモーデンでスティーヴンと暮らしていて……」肩をすくめる。「ふたりとも元気よ」ほかにつけ加えることはなかった。沈黙のあいだ、鷹のようなハビエルのまなざしが、あたかも黙っていることが弱さの印であるかのように凝視してくる。母と義父に最後に会ったのは半年前、毎年夫婦で恒例にしている〝クリスマス・クルーズ〟へ出かける前だった。

その思い出は、時とともにかさぶたに覆われた傷を引っ掻き、いまだに傷ついている自分が愚かに感じた。十六歳のとき、エミリーは自分もクリスマス・クルーズに連れていってもらえるのだと思っていた。わがままを言わないでと無言で懇願する母の目を忘れたことはなく、エミリーはひとりきりでクリスマスを過ごし、翌年からは留守番をするのが暗黙の了解となった。

毎年、古傷の上からさらに傷ついては、罪悪感を抱いた。母が幸福なのはわかっていたから。母はたしかにスティーヴンを愛している。女手ひとつで苦労してきた母がようやく幸せをつかんだのに、どうしてそれを恨むことができるだろう？　十一年間続いた母娘だけの暮らしは母のおかげで魔法みたいにすばらしかったけれど、母が隠そうとしていたお金の心配と苦労はエミリーも子どもながらに気づいていた。だから良心がうずくと、母には幸せになる資格があるのだと自分自身に思いださせた。

ワイングラスの脚を持つ手に彼の指が重なり、びくりとしてワインがこぼれた。笑い声を漏らして謝り、布巾でワインを拭った。

「お母さんとの仲はよくなっていないのか？」ハビエルの目には気づかいが滲(にじ)んでいる。

「あいかわらずよ」味気ない言葉を繰り返した。

「では、自宅の模様替えはまださせてもらえないんだな？　家の中のベージュ色はすべて駆逐したのかと思っていたよ」

ハビエルの冗談に頬をゆるめたが、彼と結婚の報告に行ったときの母と義父を思いだし、笑みは消えた。

「ごめんなさい、あなたと訪ねたときのふたりの態度は本当にひどかったわよね」エミリーは首を振った。あれが夢のようだったロマンスの、終わりの始まりだったのだろうか。「義父の感情知能(EQ)はアメーバ並で、社交スキルはカエル程度だから」

「愉快な組み合わせじゃないか、ミ・シエロ。そしてきみはもちろんぼくの母を知っている。比類なきわが母をね」ハビエルは空いている手を払ってこの話を終わらせた。

愛しいきみ(ミ・シエロ)。

そのささやきは一千の吐息とキスと指先を思い起こさせ、涼やかな風に吹かれているのに、彼女の体をほてらせた。彼の手の下から自分の手を引き抜いても、まだうなじが熱い。

「あなたが最後に覚えているのは、ガビーの十六歳の誕生日だと病院の先生から言われたわ」

いきなり話題が変わり、ハビエルはぎくりとした。彼女の声には、玄関ドアを開けたときからずっとなかった警戒心が潜んでいる。残念だ。この体を鈍くうずかせている性的誘惑よりも深い結びつきをエミリーとのあいだに一瞬だけ取り戻したように思ったのだが。傷ついた妻の痛みを取り除いてやりたかった。しかし彼女はそうさせようとしない。

この家で彼女と暮らした最後の数カ月が心によみがえった。妻の心はどんどんハビエルから離れ、どれだけ働いても、彼女のためにどれだけ稼ごうとしても、時間切れが迫るのが感じられた。まるで指のあいだから砂がこぼれるように彼女を失っていくのに、何をしても彼女を引き留めることができなかった。結婚生活最後の数カ月に味わったものと同じ、苦痛と無力感が彼の胸を締めつける。自分ではだめなのだという感覚が、奥深くにある彼のいちばんもろい部分まで突き刺さる。

やめろ（アルト）。

ハビエルは頭に浮かんだ考えを振り払った。エミリーが返事を待っている。彼が何を覚えているか知りたいのだ。充分に注意して答えなくては。

「ああ。あれこれ質問したり、そのあとのことを無理に思いだそうとしたりしないよう忠告されたよ」

実際は、医師はエミリー同様疑っていたようだ。直接口にはしなかったが、医師の忠告は〝もし思いだせないときは……、もしも違和感があれば……〟と、仮の話ばかりだった。

〝お母様にはお目にかかりましたので、多少はお気持ちがわかります。ですが奥様は別問題です。奥様は毒をもって毒を制す方という印象を受けました〟

それは的確な忠告で、彼も留意するつもりだ。

「つまり、あのパーティーがつい昨日のことのように思えるの？」

「いや。最後の記憶がそれなんだ。時間が経過しているのはわかっている。みんな年を重ねているし、覚えていることもいくつかあるが」できるだけ曖昧にごまかす。「記憶がうまく結びつかない」

　彼女はこちらをじっと見ていた。

「だが、あの夜のきみの服装は覚えている」それは本当だ。事実、妻の姿は昨日のことのように鮮明だ。胸元がV字に深くくれた大胆な白のジャンプスーツ。袖口のカットが作るドレープが時代を超えた美しさを添えていた。「きみの姿も、きみの肌から立ちのぼる香りがここを直撃したのも」自分の胸をどんと叩く。「きみとの出会いを思いだし、一晩中ベッドへ連れていきたくてたまらなかった」

　エミリーははっと目を見開いて頬を染め、唇がかすかに開いた。ハビエルはテーブルに身を乗りだして彼女の下唇に触れそうになるのを自制した。

　あの夜、彼はエミリーだけを見つめ、娘の十六歳の誕生日にもスポットライトを奪おうと躍起になる母から目をそらした。それまでの三年間、母のヒステリーは軽減していたものの、三度目の結婚が破綻すると、レナータ・カサスは本来の性格へ戻った。

　ハビエルの言葉であの夜をありありと思いだし、エミリーは心がぐらつくのを感じた。六年の歳月がなかったふりをするのは、いまも否定することのできない情熱に溺れてしまうのは、簡単だ。

　彼の指。あの指の感触が恋しい。彼の指はわたしに命を吹きこんだ。情熱には色彩と手触り、味わいと香りがあることを教えてくれた。情熱とは輝かしくて力強く、自信を与えてくれるものであることを……。ハビエルはベージュ色の不幸せな世界からわたしを連れだし、鮮やかな色彩の中へと放りこんだ。魔法でわたしに命を与え、情熱的な生身の女性にしてくれた。そしてそのあと、わたしを見捨てた。

「ガビーが心配していたわ」過去を振り払い、急いで話題を変えた。ぎゅっと手をつかんできた彼の妹の様子が忘れられない。あれはわたしを励まそうとしたのではなく、ガビーのほうが支えを必要としていたようだった。

ハビエルの射貫くようなまなざしが、彼の言葉にかき立てられた欲望から目をそらすエミリーを非難する。夫は食いさがるだろうか。かつての彼はそうだった。タクトを振る指揮者のごとく、巧みな指使いで情熱を紡ぎ、ペースとリズムを支配して、彼女の魂から否定することのできない音色を引きだすのだ。

だがハビエルはまなざしを翳らせてうなずいた。

「ぼくも妹が心配だ。いまも母と同居しているんだよな？」

わからないと答えかけた。だけど彼が本当に記憶喪失なら、変に思われてしまう。エミリーは当然知っているはずなのだから。睡眠不足とアドレナリンの暴走、それに頭をもたげかけている何かのせいで、ひどい頭痛がした。緊張感をやわらげようと額に指を滑らせるしぐさをハビエルは見逃さなかった。

「ええ」ようやく答えた。病院で耳にしたやりとりから判断すると、ガビーはまだ義母と同居しているはずだ。

ハビエルは表情を曇らせたが、その理由を口にはしなかった。まただ。これも一緒に暮らしていた頃から変わらない。彼は自分の家族の問題にエミリーを立ち入らせようとしなかった。最初はあまり親しくないのかと思ったが、結婚後もレナータは頻繁に電話をかけてきて、ハビエルはそのたびに出かけていった。まるでうっとうしい義務のように。エミリーはもうめったに会ってもくれない母親に傷つけられ、家にいるより留守にしている時間のほうが長い夫のせいで孤独になった。考えてみれば、ハビエルがこんなに長いこと携帯電話を見ないのは初めてだ。

「お仕事はどうなの？　あなたのビジネスは大丈夫？」

ハビエルの記憶喪失に従業員や会社の役員たちはさぞ慌てているだろう。彼が手がけているビジネスの数を取りあげた記事をこの数年で何度目にしたか、もう思いだせもしない。

ハビエルは手を払って彼女の質問を退けた。「ああ、秘書と話した。問題はないだろう。ワインのおかわりは？　ぼくが取ってこよう」彼はテーブルを離れ、いまの言葉にエミリーが凍りついたのを見逃した。

〝問題はないだろう〟

六年前のハビエル・カサスならそんな言葉は絶対に口にしない。それどころか、六年前のハビエル・カサスなら、遅れを取り戻すべく帰宅後すぐさま仕事に没頭していた。六年前のハビエルなら、自分がいなくてもビジネスに問題はないなんて一瞬たりとも考えない。

大嘘（おおうそ）つき。

今度こそはっきりした。記憶喪失はお芝居だ。エミリーは怒りに体を震わせた。

首尾は上々だ。ハビエルは自分を祝福して冷蔵庫から白ワインのボトルを取りだした。一杯やりたいところだが、強い鎮痛剤と混ぜるのはいい考えではないだろう。それに妻を相手に記憶喪失のふりを通せてはいるが、頭をしゃんとさせておかなくては。すでにいまも激しい疲労感と戦っているのだ。

ワインを手にテーブルへ戻ると、エミリーはイゲロン川からそそり立つ峡谷を眺めていた。歓迎しかねる既視感に打たれて彼は足を止めた。息が止まり、ナイフが胸に突き刺さったような気分になる。

こうしてフリヒリアナの家にたたずむ妻を何度まぶたに思い浮かべただろう？　マドリードやバルセロナにいるときも、はるか遠くのスヴァルディアや東京、パキスタンにいるときも、なぜかいつもここにいる彼女の姿が目に浮かんだ。

　ビジネスの世界でハビエルはずば抜けた成功を収めていた。初めて所有した会社はおじから与えられたもので、カサス家が築きあげたファッション帝国をレナータが分け合うことはないのをおじは理解していた。おじの気持ちに応えるため、自分はおじからの贈り物に値すると証明するため、ハビエルはがむしゃらに働いた。そして一か八かの賭けに出た投資が当たり、そこからはさまざまなビジネスへ次々に手を広げた。彼がどれだけ稼いでいるか母に知られたら……修羅場となるだろう。

　だが当時のハビエルは、誰にも奪うことのできない自分だけのものを、妻と分かち合う何かを手に入れようと、ひたすら働き続けた。ところがようやく成功をつかんでそれを打ち明けるつもりでいたまさにその夜、彼女は出ていったのだ。ワインのボトルを握る手に力がこもった。

　ぼくは結婚の誓いの言葉を真剣にとらえていた。両親と同じ間違いは決して犯さないと。家族がほしかった。妻と子どもたち、それに笑い声が。エミリーに最初に惹きつけられたのはその笑い声だ。あの響きを毎日聞きたかった。なぜそれを忘れていたのだろう？　夜の闇に浮かびあがった彼女のシルエットを見つめ、ハビエルはワインのボトルを置き、心を決めた。もう充分だ。エミリーがわが家へ戻るときが来た。ふたりがどれだけ相性がいいかを彼女に思いださせるんだ。ふたりが触れ合うと、酸素に触れたリンのように、欲望の火花がいつも熱く燃えあがり――。

「わたしはベッドへ行くわ」妻の言葉に思考を遮られた。願ったり叶ったりだ。ハビエルは笑みを浮かべた。

「ぼくもそうしよう、愛しい人」

　エミリーの唇には彼女らしくない笑みが浮かび、

鋭い光がその目をよぎって消えた。

「ではまた明日」

「一緒に行くよ」彼女の体からスイカズラの香りがかすかに立ちのぼり、身を寄せずにいられなかった。

エミリーが彼を見あげ、彼の下腹部が締めつけられる。こんなに小柄だったか？　不意に頭に浮かんだエロティックなイメージに、息が止まりかけた。妻の手があがり、彼の胸板を押し返す。その指先には彼の轟く鼓動が伝わっているはずだ。

「ハビエル……」歌うようなその声は、彼を絡め取る官能の蜘蛛の糸と噛み合っていない。「先生から寝室は別にするよう言われたでしょう」

「そんな話は聞いてない！」

「わたしはそう言われたわ。自分でベッドへ行けるかしら？」エミリーにはわかっていた。ハビエルはこれを挑戦と受け取るはずよ。

「もちろんだ」

夫の返答にほっとした。彼をベッドに寝かせる手伝いができるとは正直思えない。彼の嘘が判明したいまは。熱く激しい怒りが全身に広がり、針で刺されているみたいに肌が痛い。

ひとりで予備の寝室へ行き、寝支度をしてベッドに横になった。ここは愛する男性とともに子ども部屋にするつもりでいた場所だ。けれど、わたしがかつて愛した男性は隣室で寝ている盗人に奪い去られてしまった。涙が一粒こぼれて筋を描いた。

かくしてハビエル・カサスが妻の誘惑を計画する一方で、エミリー・カサスは離婚の計画を立てていた。

4

ハビエルは数年ぶりに穏やかな気持ちで目を覚ました。

家の模様替えは二階にまでおよんでいたが、寝室の様変わりぶりには驚かされた。エミリーもこの部屋を醜く変えることはできなかったようだ。床から天井まである窓が峡谷の緑を強調する白一面の壁が、いまでは……魔法をかけられたみたいだ。これを表すのにそれ以外の言葉はなく、ハビエルは誇張表現をするタイプではない。

わずかな家具しかないのは変わらず、大型木製ベッドのシンプルなラインと、バスルームへ続くアーチ型の戸口の曲線が美しい。だが妻は、壁際を無数の観葉植物で埋め尽くしていた。蔦(つた)を垂らすもの、小粒の玉を連ねるもの、ハート型、舌みたいな形。それらがこの部屋に生命力を与えていた。まるで窓ガラスがなくなり、室内と外に広がる景観が一体化したかのようだ。そうすることで、彼がその必要性に気づいていなかった優しさが、いまや寝室を満たしている。

上掛けを払いのけるなり、燃えるような痛みが肋骨(ろっこつ)に走り、打撲した脇腹がさらに締めつけられた。

くそっ(カブロン)。

痙攣(けいれん)と痛みが治まるのを待ち、ゆっくり呼吸した。ここまで無力に感じるのは子どものとき以来で、そう考えるだけで歯を食いしばらずにいられなかった。無理やり立ちあがり、ゆっくりとバスルームへ移動し、カウンターに置かれた鎮痛剤を見おろす。

見たところこの部屋に変化はないが、エミリーが何を仕掛けているかわからない。想像するとつい笑いが漏れ、またも痛みが腹部を貫く。仕方なく鎮痛剤を取り、水なしでのみこんだ。

異様に青白い肌が鏡のライトに照らしだされ、ハビエルは初めて自分の体が受けたダメージをまじまじと眺めた。頬骨の打撲はどす黒い赤から黄色と紫に変色し、治癒している証ではあっても見た目は余計にひどい。母が外科医に命じて吸収性糸で縫合させた――その費用を支払うのはハビエルだ――額の傷にそっと触れ、顔をしかめた。

ハビエルは自分の容姿へのこだわりはいっさいなく、人々がそれを意外がるのが昔からおかしかった。傷跡が残ろうと残るまいとどうでもよくて、いまはとにかく縫合跡の痒さが何より腹立たしい。これも治癒の証だと言われたが……。

エミリーはまだ隣室で眠っているのだろう。目覚めのキスが愛撫へ、そして甘い吐息へと変わる悦びを思いだすなり、ハビエルの下半身は昂ぶり、それとともに怒りがこみあげた。

エミリーはあの悦びを奪ったのだ。ふたりの幸福な日々を。蛇口をひねって冷たい水で顔を洗い、考えた。鎮痛剤が効き始めるまでどれくらいかかるだろうか。それに妻をぼくの意のままにできるまで。

ゆうべガビーの十六歳の誕生日の話をしたとき、エミリーの瞳に炎が燃えあがった。出会ったときからふたりのあいだには彼も味わったことのない情熱がほとばしり、それを利用することもできた。

だがそれはしない。

そう、絶対に。

彼女の瞳には困惑の色もあった。彼の芝居を疑い始めているのだろう。だから夜を通して、彼の記憶喪失は本物だと信じこませた。そして彼女の心がぐらつきだすのを感じた。仕事で留守がちな埋め合わせに、彼が高価なプレゼントを与えたときのように。はじめは拒みながらも、彼女は最後にいつも折れた。そだとしたら、勝利は目前だ。妻はもうじきこのかたわらへ、ぼくのベッドへ戻ってくる。

エミリーは二杯目のエスプレッソから立ちのぼる湯気を見つめた。頭の中で堂々めぐりする考えを止めることができず、眠るのをあきらめた。夫はわたしを罰しているのだ、わたしが出ていったことを。出ていきたくはなかったし、出ていくつもりもなかったけれど。夫が追いかけてきてくれると信じていた。大慌てで迎えに来て、新婚のときのふたりへ戻ろうと約束してくれると思っていた。でも彼は現れなかった。連絡ひとつ寄越してくれなかった。

それはあなたも同じでしょう？

そうね。そうするのはつらすぎた。迎えに来てと、愛してと彼に懇願するのは。だから彼のほうから行動を起こしてほしかった。この結婚は間違いでなかったと安心させてほしかった。ふたりは情熱にとらわれただけではなく、本物の絆で結ばれているのだと。この結婚生活においてわたしは孤独ではないのだと。

二階から続く石段に裸足の足音が聞こえ、パニックになりそうな心を落ち着かせた。ハビエルはわたしがだまされていると考えているようだけれど、こちらは彼のことなら知り抜いている。怪我や偽りの記憶喪失が、大事なビジネスから彼を引き離せるものですか！　わたしを侮ったわね。今度はあなたがひざまずいて許しを請う番よ。

いつになくゆっくりとした重い足取りに、エミリーの良心がうずくが、ゆうべ官能の罠に彼女を引きこみかけた夫のまなざしを思い返して心を強くした。

エミリーが完璧な笑みを浮かべて振り返ると、立ち止まりかけていたハビエルは足を速めて階段をおりてきた。

「おはよう、愛しい人」夫の目は、彼女の次の行動を読もうとするかのようにかすかに警戒していた。

エミリーを一晩中寝かせなかった炎が火花を放ち、いつにない衝動に駆られた。欲望の力でわたしを服従させようとしている夫が腹立たしい。けれども情熱の虜になったことがあるのはわたしだけではない。

椅子から立ちあがって彼に体を押し当て、その首に腕を巻きつけ、頭の中を焼き尽くすほど熱いキスを浴びせた。それに驚いたとしても、夫は顔に出さなかった。まるで何より自然なことのように彼の腕はエミリーの腰へと回ってふたりの体を密着させ、夫の企みを利用しようとしたエミリーの作戦はたちまち収拾がつかなくなった。

下唇を舌でくすぐられた瞬間、彼を拒めなくなった。心の準備をする間もなく、容赦なく唇を奪われて胸が高鳴り、太股のあいだが脈打つ。彼の喉から漏れる満足げな響きに、エミリーはうなじに鳥肌が立った。ハビエルは彼女のうなじの髪をつかむと顔を傾けさせて口づけを深め、エミリーはなすすべもなく身をまかせた。

怒りと欲望が混ざり合い、すぐに支配権を取り戻そうとして、彼の唇を強く噛んだ。夫ははっと目を開き、そのまなざしが燃えあがる。いけない、噛んだりするんじゃなかった。けれど彼はダイニングルームの壁まで彼女を歩かせてその背中を押し当てると、覆いかぶさるようにして体で押さえつけた。先端が硬く尖った彼女の胸を手に包みこみ、反対の手で彼女のヒップをもみしだく。それはどんな痛みも受け入れるだけの価値がある蹂躙だった。

これよ、とエミリーは頭をのけぞらせた。欲望に心を惑わされる夜、わたしが夢見たのはこれだ。こうして淫らに絡み合うふたりの姿。彼が仕事一辺倒になってしまう前はこうだった。疑念が忍びこむ前は。そばにいてくれもしない男性のために、すべてをあきらめたのかと自問するようになる前は。

ハビエルが欲情で硬く張り詰めたものへと彼女を引き寄せる。エミリーは息をのみ、懇願しそうになるのを唇を噛んでこらえた。お願い、と声が漏れそう。心は痛みと欲求と怒りに一度に襲われている。

夫の指が彼女の膝の裏へと滑り、脚を引きあげて自分の腰に絡ませた。痛いほどうずいている部分へ、さらに強く体を押し当てる。エミリーは自分を止められずに腰を動かし、敏感な場所を甘く刺激しながら、彼をいたぶり、さらに硬くみなぎらせた。

彼の目が見開かれ、そのまなざしでエミリーを釘(くぎ)づけにする。もっとだ、とその視線がささやきかける。彼に見つめられる悦びに快感が高まり、脚のあいだがきゅっと引き締まった。熱くほてる体が彼を求めている。もっと。もっとほしい。彼と深く結びつく快感をこの体は知っている。この男性に所有される悦びを、彼のものになる感覚を。

頭から氷水を浴びせられたかのようにエミリーは硬直した。悲鳴が喉まで出かかった。いいえ。彼のものになることはできない。もう二度と。次はもう立ち直ることはできない。

「どうした?」ハビエルは驚いてささやいた。エミリーが突然体をこわばらせたので、その顔を両手で包みこむと、彼女は顔をそむけて彼の手から逃れた。

「ごめんなさい、わたし……」彼の腕から抜けだす。

ハビエルは息を詰めて彼女を見つめた。事故で負った傷よりも深いところを切り裂く痛みを無視する。

「大丈夫かい?」

「もちろんよ」

くるりと振り返った彼女の唇に張りつく笑みは、陶器のオウム同様偽物だ。ほんの一瞬前まで、その唇によって彼は絶頂へと駆り立てられようとしていた。なんてこと(クリスト)だ、ここまでわれを失うのは彼女と出会ったとき以来だ。

「出かける用事があったのを思いだしたの」

「用事？」

まぬけのように繰り返す自分を激しく嫌悪したが、昔みたいに妻をテーブルの上に押し倒すさまが脳裏を占め、いつもは回転の速い頭も不安になるほど動きがのろい。

「ええ、用事よ」エミリーは目を大きく見開き、頬を朱に染めて、闇雲に鍵へと手を伸ばした。

「なんの用事だ？」まるで命令のような響きに、ハビエルは自分でも驚いた。

「食料品を買いに行くの」

「食料品なら――」

エミリーはくるりと背を向け、彼が言い終える前に玄関から出ていった。

「あるだろう」

自分の声、それにごくりとつばをのむ音が部屋に響いた。バタンとドアが閉まるなり、彼の心を縛りあげていたロープが切れて何かが這いだそうと爪を立てる。それを振り払ってキッチンへ向かい、コーヒーを淹れた。

舌に残る熱情の味を何かで消さなくては。彼はズボンの中で張り詰めているものをずらした。エミリーはポケットからシルクのスカーフを取りだすマジシャンのようにぼくの欲情を引きだし、またたく間に燃え立たせた。唇を押し当てられるなり、ぼくは自分を見失い、エミリーに抱擁を解かれてようやくわれに返った。

コーヒーを持って中庭へ出たとき、ポケットの携帯電話が振動した。

〈AM作戦の進行状況は？〉

ハビエルはサンティに返信した。

〈AM作戦?〉
〈記憶喪失（アムネジア）作戦だ。映画化するならうちでやるぞ〉

ハビエルは携帯電話をじっと見つめた。親友は冗談を言っているのだろうか。長々とそうしていたらしく、返信する前に次のメッセージが届いた。

〈エミリーは戻ったのか?〉

エミリーと出会った夜、サンティもその場にいた。ハビエルはついにマリアナをデートへ誘うことにした親友をバーで励ましていたところで、ウイスキーの力を借りはしたものの、親友はみごと彼女の心を射止めた。妻を溺愛するサンティは、いささか鼻につくほど自分の結婚生活に満足し、ハビエルのそれにまで口を出そうとした。

ハビエルがエミリーのあとを追わなかったとき、ふたりは喧嘩（けんか）になりかけた。本気で怒鳴り合ったのはあれが初めてだ。だが親友でさえ、エミリーが突然何も言わずに去ったことが、どれほどの裏切りだったかを理解できなかった。古傷をえぐられたハビエルがどれだけ新たに血を流したかを。いいや。彼女を追うことはできなかった。

とはいえ、サンティが兄弟よりも親しい存在であることは変わらない。サンティは世界でもっとも優れた映画プロデューサーのひとりであり、その成功はハビエルに巨万の富をもたらした。だがサンティが初めて映画を制作したときは、利益が出るのかさえわからず、映画に莫大（ばくだい）な投資をしたハビエルは結果が出るまでの七カ月、失敗した場合の損失を穴埋めできるよう一日十九時間働いた。おじのガエルが親友への投資に理解を示さないことはわかっており、かった。

自分の冒したリスクを妻に打ち明けることもできなかった。

だが、ハビエルは成功を確信していた。そして映画は成功した。空前の大ヒットだ。以来、ハビエルはサンティアゴの主な出資者のひとりとなった。映画業界からの収益はそれ自体が一財産だ。その金はハビエルの手で不動産物件や投資、会社へと変わった。彼が一部を所有、もしくは出資している会社は輸入業からテクノロジー、通信、メディアと多岐にわたり、会社名をすべて言えるかさえわからない。

莫大な富を築きあげたハビエルは、社会に貢献しようとする上流階級の面々――彼らはときに極めて秘密主義的だ――の知己を得て、みずからもおのれの財産で善行を尽くそうと心に決めた。

しかし〝エミリーは戻ったのか？〟と問われたとき、そんなことは彼の頭になかった。携帯電話を握る手に力が入り、返信を打ちこむ。

〈まだだ。だが必ず戻ってくる〉

フリヒリアナの曲がりくねった坂道を急ぎすぎてふくらはぎが痛い。でも、これはいい痛みだとエミリーは思った。これは体の痛みで、家を飛びだす前に感じた胸の痛みをやわらげてくれる。さっきは過剰に反応してしまったけれど、あれはハビエルにではなく、あの状況に対して反応しただけ。そう心の中で正当化した。だけどミイラ取りがミイラになってしまったのが歯がゆかった。ハビエルの唇のそばでは、自分自身を信用できない。彼の手のそば……体のそばでも。

いまも胸がどきどきして肌が熱く、言葉に表せない恋しさが下腹部に燃え広がる。ふと顔をあげると、目の前では旅行者が白壁からこぼれ落ちる美しいブーゲンビリアと写真を撮っていて、慌ててよけた。

行く当てもなく家を出たのに、気づくと彼女の足はフリヒリアナに来たばかりの頃、ハビエルの広い肩に守られて歩いた路地をたどっていた。彼はスカートの裾を指先でなぞり、太股をそっと愛撫しては、彼女を狂おしく煽り立てた。店先で立ち止まっては、あらゆるものに興味を示して店主と話しこんだ。エミリーは少しもかまわなかった。そんな日々にただ浸っていた。

六年前、太陽とハビエルの熱い指先のもと、エミリーは花びらをほころばせた。女として自分が本来の姿になるのを感じた。さまざまな色に彩られた、明るく幸せな女性になるのを。ここは母とスティーヴンと暮らしたベージュ色の退屈な家とは別世界だった。そして気づくと母への怒りが再燃していたものだ。母に対してではなく、母が失ったものへの怒りが。母もかつては夏の鮮やかな色彩の中で生きていたのだから。エミリーが幼かった頃、母は明るくて大胆だった。笑いと愛に満ち、エミリーに惜しみない愛情を注いでくれた。けれどもスティーヴンは母から光を奪った。結婚後の母は楽しいからではなく沈黙を埋めるために笑うようになった。裏切られたかのようでエミリーは混乱し、傷つき、怒り、そんな自分に罪悪感を覚えた。

まるで母親を独り占めしたがる、わがままな一人娘になったかのようだった。だけどそうではない。まったく違う。スティーヴンと結婚した女性は、彼女の母親だった女性とは別人になったというだけ。いつの間にか母の世界は夫を中心に回るようになり、少しずつ自分を犠牲にして、ついにはエミリーの知っていた母はいなくなった。

頬に流れる冷たいしずくを拭い、自分が泣いているのに気がついた。過去の記憶を振り払い、この六年でほとんど変わっていない街を見まわした。いくつか変わった店もあるけれど、ひとつ目の三叉路にはシルバーアクセサリーの店がいまもあり、ベーカリーは九時前から開いて、土産物店の回転ラックには用意の悪い旅行者用にサングラスと帽子が並んでいる。だけどエミリーが何より愛するのは、模様を描く石畳と、広い歩道から離れた鉄製の門扉の奥に広がる小さな庭、そしてドアの塗装に映える魔除(まよ)けの〝ファティマの手〟の形をしたノッカーだ。

石畳を進むと見覚えのないショップがあった。〈宇宙鯨(スペース・ホエール)〉という名の店の入り口は大きなヤシの木とチトセランに挟まれ、エミリーは木陰に誘われるようにして午前中の厳しい暑さから逃れた。店内は珍しい雑貨の宝庫だった。プリントアートに写真、うっとりとする香りを放つお香にキャンドル、アクセサリー、書籍、文具。どこから見ればいいかわからず、ふらふらと香りに引き寄せられて香水の小瓶を手に取った。官能的な芳香はいまのわたしよりハビエル・カサスの妻にふさわしい。迷うことなく香水を買い、ショップカードをもらった。自分のためかクライアントのために、再訪する予感がした。

外へ出ると、お知らせと地域の広告がピン留めされた掲示板があることに気がついた。見たこともないほど醜い猫の写真に、行き交う人が足を止めて笑っている。エミリーは掲示板へと歩み寄った。

〝里親募集。

警告、この猫は悪魔憑(つ)きです〟

手で笑いを隠しながらも、先を読まずにいられなかった。その悪魔憑きの猫はうなり癖に飛びつき癖、噛みつき癖、引(ひ)っ掻(か)き癖があるらしい。七軒の里親が音をあげ、どこも二日ともたなかったようだ。男性に対してはとりわけ凶暴で、〝引き取る度胸がおありの方限定〟と結ばれている。

エミリーはにんまりして、プランを練り始めた。

二時間後、彼女はいくつものショッピングバッグや箱やトレイ、ケース、そして紙袋をタクシーからおろしていた。追加料金を支払うことで大切な荷物もようやく乗せてもらえたのだが、意外にも運転手は降りてきて荷物をおろすのを手伝ってくれた。でもそれは、さっさと厄介払いしたかったからだと、あとになって気がついた。

荷物を玄関前に残したままドアの鍵を開ける。これから彼に仕掛けるいたずらに、全身がぞくぞくした。ハビエルの嘘（うそ）に嘘でやり返すというゲームがやみつきになりつつある。でも、やりすぎは禁物だ。なにせこんなに楽しいのは久しぶりだもの。ハビエルとの頭脳戦に彼女はわくわくしていた。

エミリーは玄関ドアを大きく開くや、息をのんだ。

夫が床に倒れ、頭に手を当てている。エミリーは恐怖を覚え、急いで駆け寄った。嗚咽（おえつ）が喉にこみあげる。

「ハビエル！　大丈夫？　何があったの？」手を伸ばしながら全身ががたがた震えた。

彼の目が焦点を結んでエミリーの姿をとらえ、心配そうな表情に変わる。彼女の震える手首をつかみ、その視界を曇らせる涙を凝視した。「エミリー、何があった？」

かっとなって体を引いた。「ハビエル！　あなたが床に倒れていたのよ、あなたのほうこそ何があったの？」

彼は顔をしかめて首を左右に振った。その目が戸口で止まってふたたび困惑の表情になる。

「エミリー。あれはなんだ？」

5

あの陶器のオウムは叩(たた)き壊してやる。小さなキャリーの中でうなっている生き物の正体が判明したあとで。

くそっ(ミエルダ)、頭が割れるようだ。携帯電話とコーヒーを手に中庭(パティオ)から屋内へ入ってきたハビエルは人間大の白い鳥にぎょっとした。誰にも認めるつもりはないが、思わず飛びあがってコーヒーをこぼし――情けないことに――それで足を滑らせたのだ。両手はふさがり、腹筋はすでに打撲を負い、体は普段より反応が鈍い。その結果、ハビエルは床に転倒した。

エミリーを見あげると、後ろめたそうに頬を染め、彼とキャリーに交互に目をやって唇を噛(か)んでいる。

「あれは……あなたの……わたしたちの……」

言葉を詰まらせるたび、その目はどんどん大きく見開かれ、痛みがなければハビエルは大笑いしているところだ。

まったく、今度はいったいなんだ？

ハビエルは小さなキャリーからにらみつける水晶のような目と、鋭利な爪のある前足を見据えた。

「うちには猫がいたのか？」いなかったのは百も承知で尋ねた。

エミリーが急いでうなずいた。金髪が後光みたいに顔のまわりで揺れる。

「預けてあったの。あなたが、ほら……」彼につかまれていたエミリーの手がすり抜けてくるくると円を描く。くだらない嘘(うそ)をつくときの彼女の癖だ。ひとつはっきりした。妻はポーカーをやるのに向いていない。

だが、と頭をそっと床へさげながらハビエルは気がついた。妻は明らかに夫の記憶喪失を信じていない。だからぼくを苦しめる新たな手段を見つけたのだろう。あの猫ほど醜いものは見たことがないぞ。

なぜ毛がないんだと尋ねる代わりにこうきいた。

「名前は？」

エミリーは一瞬固まり、ちらりと猫を見て答えた。

「ディアブラ」

今度こそ彼は笑いだした。女の悪魔か。ぴったりだ。

エミリーが受けたショックはふたたび怒りへと変わった。でも、どれだけ心配したかを彼に気づかれてなるものですか。腹立たしい頑固な夫は罰を受けて当然よ。

床に倒れている夫の姿を目にしたときは心臓が止まった。ふたたび動きだしたときは電気ショックが全身を駆けめぐり、手が震えた。

彼にこんな目に遭わされるのはこれで二度目だ。もう我慢できない。エミリーは憤然としてディアブラのキャリーの扉を開けた。猫は中から飛びだすと、ハビエルに向かってフーッとうなり、猛烈な勢いで逃げていった。驚いたことに、ハビエルはさらに大笑いしていた。

エミリーは冷凍庫から保冷剤を出し、鎮痛剤とともに彼に差しだした。ハビエルは床に横たわったまま薬を二錠のんだ。そのあとエミリーは自室へ戻ってドアを閉め、彼が話そうとしても無視した。

ノートパソコンを開き、一時間かけてメールを片づけ、事務所のスタッフに仕事を指示した。すべて終わったら、全員の給料をアップしなきゃ。会社を立ちあげてからこんなに長いこと仕事やスタッフから離れるのは初めてで、気持ちが落ち着かない。

ハビエルは、自分のビジネスは〝問題はないだろう〟とあっさり言った。ご自分の利益は問題なくて何よりでしょうよ。誰もが巨大な帝国を代わりにまかせられる秘書を大勢抱えているわけじゃない。いらいらと心の中でつぶやいたあと、後悔した。意地の悪い考えね。彼は裕福な家に生まれながら、つねに勤勉だった。ハビエルはわたしの知っているロンドンの資産家たちとはまるで違う。彼らは尊大で怠惰、野卑なほど騒々しいだけだが、ハビエルは誰もが認めるくらい仕事ができる。ところが、そのうち仕事に取り憑かれ、何日も家に帰ってこなくなってしまった。

いつの間にか部屋の前にはハビエルが置いていった昼食があり、エミリーはトレイを中へ運びこむと、うわの空で食べながら、サンアントニオのプロジェクト・プランに目を通した。まずはムードボードの制作で、クライアントとロケーションに結びつくあらゆるイメージを収集する。そのすべてをひとつにまとめあげるのが彼女の仕事だ。クライアントの要求がその場所や環境にぴったり合わなければ、どんなインテリアも浮いて見える。表面上は問題がなくとも、どことなく不調和を感じさせるのだ。エミリーはイメージに合いそうな色彩と質感を検討し続け、気づいたときには四時間ほど経過していて、背中が痛くなっていた。

でもその甲斐はあった。ついにこれというものが見つかった。すると、すべてがカチリとはまっていった。使用したいパターン、照明器具、壁板、一部の家具の質感、食器のスタイルまで、山の夜明けと呼ばれるひとつの色を基調としている。

その豊かなバターイエローが彼女の目に止まったのは、その朝、峡谷の稜線がその色に滲むのを見たからだった。くすんだブルー、鮮やかな紅色、深い群青といっさい汚れのない白が、そのイエローのまわりに層を成していた。この組み合わせならサンアントニオと彼女のクライアントにぴったりだ。これでどんどん仕事を進められるけれど……その前にこの先二週間、わたしはどこにいることになるのかをはっきりさせなくては。

家を出たときに置いていったビキニに着替えた。プールの冷たい水が不安をなだめてくれるかもしれない。ローブをはおってハビエルに気づかれないよう足音を忍ばせ、階段をおりた。いまは彼と向き合う準備ができていない。彼の嘘に傷つき、震えあがるほど彼を心配したばかりだ。本気で離婚を考えている相手なのに。

だって、こんな関係を夫婦と言える？　家庭が、家族が、子どもがほしい……愛し愛される対象が。それをまた六年間先延ばしにすることはできない。数年前にはあこがれだった思いが、いまでは無視できないほど強くなっていた。彼のもとを去って以来ずっととらわれているこんなどっちつかずの地獄より、わたしにはもっとふさわしい場所がある。

キッチンに寄り、ディアブラのために買ったキャットフードの箱を振った。この音で餌だと伝わるかしら。ドアの横から澄んだブルーの瞳がのぞき、エミリーはどきりとした。ボウルにたっぷり餌を入れて小さなバルコニーに置いてやる。これまでディアブラが里親をたらい回しにされてきたのは、誤解されてきたせいかもしれない。だけどハビエルを引っ掻くくらいはしてほしいかも。そんなことを考えながら外へ出た。夕暮れの日差しにはまだ暑さが残り、肌があたためられる。

プールの縁に腰をおろし、フリヒリアナの静けさに浸った。小鳥がさえずり、葉がそよぎ、どこか遠くで山羊が鳴いている。こんなに穏やかな静けさは何年ぶりだろう。低い位置にある樹木から漂ってくるレモンの香りを吸いこみ、ここを出ていったのは間違いだったのだろうかと自問した。

引き金は一着のドレスだった。ベッドの上に置かれたドレスには、三日後のプレミア試写会への招待状が添えられていた。スパンコールが輝くゴージャスなドレスはハビエルからのプレゼントだったが、あの夜、彼はエミリーの友人のパーティーへ行く約束をしていたのにそれを忘れた。彼女はプライベートジェットの滑走路で三時間待ちぼうけを食らい、ひとり帰宅してドレスを見つけたのだ。

サンティの映画の試写会へ行くのは無理だった。きっと途中で泣き崩れていたから。何カ月もの孤独に押し潰されて人前で醜態を演じるのを恐れる気持ちもあったが、たとえそうなっても、夫は気にもとめないかもしれないのがもっと怖かった。愛し返してくれることは決してない男性に、あのまま一生縛りつけられるのが怖かった。

頬の涙を拭い、つま先で水を蹴る。心は重く、思いは渦を巻き、エミリーは息を深く吸いこんで水の中へ沈んだ。

妻が自室にこもっているあいだ、ハビエルは気をもみ続けた。くそっ、彼女がロンドンにいたときよりもいやな気分だ。

妻を怖がらせたのはわかっている。自分も一瞬ひやりとした。ハビエルは痛みのコレクションに加わった肩を回した。怪我をするのは……。鎖骨の傷跡をさすり、暗い気持ちで振り返った。怪我をしないよう学んで以来だ。

七歳のとき、彼の様子がおかしいことに気づいた学校の教師に病院へ連れていかれるまで、ハビエルは鎖骨の骨折を二十四時間近く放置した。前日に自転車で転んだのだが、母は彼がわざと注意を引いて彼女の一日をだいなしにしようとしているとなじった。どうして意地の悪い親不孝者ばかり生まれるのかと大声で嘆いた。ガビーは泣いてばかりで、ハビエルは与えても与えても満足しない、と。母は彼を悪魔(サキュバス)とののしった。それはまだ知らない言葉だったものの、母が何を言っているかは理解できた。

あれが〝機嫌のいい日〟なら違っていたかもしれない。レナータは大急ぎで彼を病院へ連れていっただろう、完璧な母親として賛辞を浴びるために。だがあれは〝機嫌のいい日〟ではなかった。レナータは二番目の夫と別れたばかりで、破局後の母はいつもとりわけ気難しかった。それでも彼は母に頼みこんだ。

〝お願い、ママ、痛いんだ〟

その記憶にいまも吐き気がこみあげて打ちのめされそうになる。母との暮らしがどんなものだったかは、誰にも話したことがない。サンティは察していたが、親の気分が読めない恐ろしさは親友も知らないままだ。異常なほどの愛情が一瞬にして残忍な嫉妬心に変わるのだ。母の家族はレナータのむら気を〝大げさな性格〟と片づけていたけれど、おじは気づいていたようだ。

母の弟ガエルは、父親のいないハビエルを自分の庇護(ひご)下に置き、カサス家が手がけるさまざまなビジネスを彼に指南した。ハビエルは十四のときからおじのビジネス全般に多少なりとも関わり、十八の誕生日には小規模な配送サービス事業をまかされた。

それはハビエルの予想をはるかに超える贈り物だった。ハビエルの母親は、その父から相続したファッション帝国を手放す気はさらさらないのだから。

いつかぼくもママの会社の社長になるの？　むこうみずにもそう尋ねたとき、母は彼の目をじっとのぞきこみ、見たこともないほど真剣な顔で答えた。

「いいえ、ならないわ」

そう。母が〈カサス・テキスタイル〉の実権を手放すことは絶対にない。ハビエルが成功したのはすべておじのおかげだ。だがハビエルは怒りも感じていた。母を好き勝手にさせていたおじへの怒りだ。

しかしその怒りが、初めて手がけた事業の利益をサンティの初映画に投資するようハビエルを駆り立てたのだ。

複雑な感情が胸を駆けめぐり、じりじりと追い詰められていくように感じた。エミリーといると、この六年間うまく背を向けてきた感情と向き合わされる。いまにして思うと、彼女のあとを追わなかったのは頑固なプライドのせいだったのだろうか。けれど、ああするほうが楽だったのだ。ハビエルの胸の中で良心が咎めた。夫婦関係がうまくいっていないことには気づいていた。家に戻るたび、またひとつ何かが崩れてしまったようで、無力さばかりを感じた。ぼくはみんなを失望させる。エミリーを、ガエルを……。

〝あなたは父親と同じよ。臆病者の出来損ない〟

ハビエルは拳を壁に打ちつけた。違う。ぼくは父と同じではない。ぼくは出来損ないではないし、逃げもしない。彼女を取り戻して幸せな夫婦になってやる。エミリーとの関係だって修復してみせる。

エミリーの心に愛情が残っているのはわかっている。転倒したぼくを発見したとき、彼女の瞳にそれを見た。舌に触れた彼女の味に、あの朝、ぼくのシャツをつかんで引き寄せ、唇を押し当てた彼女の激しさにそれを感じた。彼女の手首をつかんだとき、その脈拍に感じた。それをごまかすことはできない。

二段飛ばしに階段をおりてプールへ向かった。ふたりで過ごした最後の数カ月は、お互いに怒りやわだかまりを胸に抱えたまま、それを口にすることはなかった。ああ、もちろん情熱はあった、だがエミリーはゆっくりと後ずさり、砂のようにこの指からこぼれていった。だが今度はそうはさせない。

勢いよく角を曲がると……誰もいない。

眉根を寄せて見まわすが、エミリーの姿はなかった。彼女がここへ来たのはわかっている。窓から姿が見えたのだから。

　プールの底で白いものがひらめいた。六年前、彼がエミリーに買わせた水着だ。週に三度は着るよう約束させた。その魅惑的な肌から水着を脱がせられるように。

　近づいてのぞきこむと、エミリーがプールの底に沈んでいる。金色のシルクのように髪が揺れ、目は静かに閉ざされている。ハビエルは彼女が浮かびあがってくるのを待った。胸騒ぎがし、息が苦しくないのかと想像すると、彼の呼吸まで浅くなったが、彼女は沈んだままだ。恐怖がすぐさま怒りに取って代わり、ある考えが脳裏をかすめた。事故の知らせを聞いたとき、彼女も同じ思いをしたのだろうか。ひょっとすると今朝も。

　警戒心がパニックに変わり――。

　もうたくさんだ（バスタ・ジャ）！

　ハビエルはプールへ飛びこんだ。


　何かが腕に勢いよく巻きつき、エミリーは悲鳴をあげた。口を開けたとたん、水がどっと流れこんでくる。水面へと引きあげられ、咳（せ）きこんで顔をあげると、ずぶ濡（ぬ）れのハビエルが目の前にいた。

　心臓は轟（とどろ）き、驚かされたことに腹が立って彼の腕をぴしゃりと叩いた。

　ハビエルは彼女を揺さぶった。傷つけようとはしていないし、痛くもなかったが、彼の焦りと恐怖が伝わってきて、それが彼女自身の感情と混ざり合い、エミリーはもう一度、彼をぴしゃりと叩いた。

「なぜ叩くんだ？」

「叩かれるだけのことをあなたがしたからよ！」

「そうかもしれないが、理由は？」

　わたしに嘘をついているから。あなたのせいでわたしはまたも、すべてをロンドンに残してきてしまったから。どんなに抵抗してもあなたを求めてしまうから。

ハビエルは首を横に振った。「プールの底で何をしていた?」

「呼吸よ」皮肉を返した。

彼の顎がぴくりとした瞬間、エミリーは思わず息をのんだ。

この数日間のあらゆる感情、騒ぎ、不安が、彼女にとって大事だったたったひとつのことさえ気にかけなかった夫との記憶が、痛みとなって喉まで這(は)いあがる。傷ついた胸は、波のように何度も打ち寄せてくる思い出に重い鼓動を刻んだ。

「ぼくの命(ミ・ヴィーダ)」ハビエルは彼女の頬から濡れた髪をそっと払った。「どうしたんだ? 頼むから話してくれ」

ここで? いま? 体には彼の腕が巻きつき、その目は一心にわたしを見つめている。わたしへの想(おも)いが押し寄せてくるのが感じられる。これは初めて出会ったときのハビエルだ。わたしの秘密を知りたがった男性。彼はそれを分かち合いたがり、わたしの望みを実現させたがった。そしてわたしの痛みを癒やそうとした。これはわたしが恋に落ちた相手だ。そしてわたしは彼を信じたくてたまらない、記憶喪失は本当なのだと。

彼は嘘をついてはいないし、わたしの人生を自分勝手な理由でかき回しているのでもないと。この六年間は存在しなかったふりができたなら。スペインでの夏の夜に心と魂を捧(ささ)げた夫と愛を交わすのはこの世でもっとも自然なことだと思えたなら。もう明日は何が起きるのと悩みたくない。この場所、いまこの瞬間がほしい。夫がほしい。

彼の手がエミリーの頬を包みこむ。夫は大きな秘密を解き明かそうとするかのように彼女を見つめているが、秘密を見せる心の準備はエミリーには少しもできていない。彼の体に張りつくリネンの白シャツは透けていて、黒いズボンは水の下で彼女の脚を挟みこんでいる。深いプールに沈まないようふたりとも息を切らし、ハビエルは暗黙の同意のうちに彼女を抱擁したまま浅いほうへと泳いだ。

水を掻く彼の腕はたくましく、ふたりの体の隙間を水が愛撫のように滑って流れる。やがてプールの縁が背中に当たった。彼の腕にとらわれていても、閉じこめられているようには感じない。守られ、隠されているみたいだ……。ここでなら、道路からも峡谷からも見えない黄昏のプールでなら、何かが起きる気がした。いいえ、とエミリーは思った。何かじゃない、すべてがほしい。

夫の強烈なまなざしは、胸元から水面の下まで熱く撫でるかのようだ。もう足がつくのに、彼は片手でプールの縁をつかみ、反対の手で彼女を支えている。彼の指先が脇腹の肌に触れると、水中なのにひどく熱く感じ、エミリーは思わず体を震わせた。

「寒いのかい、愛しい人？」

唇を噛んで首を横に振った。一瞬、彼はエミリーの唇へと視線をさげ、すばやく息を吸いこんだ。大きく見開かれた目には欲望があらわだ。抗うのにはもううんざり。彼がほしい、彼を求めている。だからエミリーは目をつぶって降伏した。

「キスして」

ハビエル・カサス、〝すべてを手にした男〟とメディアに命名された彼が、その人生でこれほど何かを求めたことはなかった。妻がぼくの腕の中で、彼女を愛するよう求めている。だがそれはできない。ぼくは妻に嘘をついているのだから。彼女に気づかれていようと関係ない。ハビエルの良心は妻を求める気持ちに、甘い罪へと誘う妻の唇に、抗った。

「お願い」

その言葉を漏らした唇には一千回も口づけしてき

たが、そんな回数では満足するにはほど遠い。唇を重ねたまま笑う妻、両脚のあいだに滑りこむ手に妻が漏らすため息、のぼりつめる妻の狂おしい声、絶頂を迎えて妻の口からこぼれる彼の名前。そんな記憶が彼の欲望を膨れあがらせ、ついには理性を押し潰した。

激しすぎたか？　乱暴すぎるほど情熱的な口づけにエミリーをおびえさせたかと心配したが、杞憂だった。その口づけに彼女は燃えあがった。ハビエルが体を近づけるよりも先に彼女の口が開く。エミリーはつま先立って彼の首に両腕を絡め、胸を押し当てた。その唇は天の恵みのごとく甘く、彼は暴れるように脈打つ自分の心臓を思わず手で押さえかけた。切なげな彼女の声に後押しされて股間で昂ぶるものへと妻を引き寄せると、小さなすすり泣きがキスに絡みつき、ハビエルは充足感を味わった。

鼻で押しやって彼女の頭をのけぞらせ、首から肩に沿って甘く噛む。すると妻の肌が粟立ち、彼はそれを舌で追った。ビキニのストラップに人差し指をかけ、彼女の肩を滑らせながら心の中で微笑んだ。これにいくら払ったか知っていたら、妻は決して着ようとしなかっただろう。だがぼくが値段を隠したのは、このビキニを脱がせる悦びがわかっていたからだ。

「この水着を見たとき」言いながら指をストラップから離してビキニの曲線をたどる。「自分がこうするところを想像した、何度もね」彼女の胸を覆うカップを引きおろし、胸の先端を口に含む。エミリーが背中をそらし、胸を突きだしてもっとと求める、そのさまが愛らしい。彼女の胸を手のひらに包んで尖った先端を親指で震わせ、開いた口を押し当ててから、反対の胸にも口づけした。

妻の脚が彼の腰に絡みつき、秘めやかな場所が彼の高まりに甘く触れる。

「サンティとマリアナの婚約パーティーにきみがこれを着て現れたとき、ぼくは心臓発作を起こしかけた」舌でくすぐり、その思い出に笑みを浮かべる。「人前では決して着ないでくれ、愛しい人（ミ・アモル）。きみにプレゼントしたときにそう言ったはずだ」

「サンティとマリアナの婚約パーティー？」エミリーは体を引き、うつろな目で彼を凝視した。

「ああ。覚えているだろう？」

エミリーはかぶりを振って彼の腕から体を滑らせ、プールの縁に手をついて後ろ向きに水からあがった。

「覚えているわ」ローブをつかむ。「だけど、あなたは覚えていないはずよね」

ハビエルは頭が真っ白になり、何が起きたのか気づいたのは、彼女が歩み去ったあとだった。ののしり声をあげて水面に拳を叩きつけ、盛大に水をまき散らす。サンティとマリアナの婚約パーティーがあったのは、エミリーがいなくなるほんの一週間前で、ガビーの十六歳の誕生日よりずっとあとだ。

ゲーム終了。芝居は終わりだ。

窓に映る自分の姿をにらみつけた。憤懣（ふんまん）がプールに波紋を広げる。よかったじゃないか、と自分に言い聞かせた。これでぼくが妻を取り戻すのを止めるものはなくなった。

6

追いかけてこないで。エミリーはそう祈った。ひとりにして。濡れた髪から水がぽたぽた背中へ落ちた。さっきまで欲望に震えていた体が、いまは寒さに震えている。

〝キスして〟

自分から懇願してしまった。わたしをひとりぼっちにし、その身勝手さでわたしを深く傷つけた男性に懇願した。夫の嘘で作られた世界のもろい殻を彼の言葉が壊さなかったら、さらに懇願していただろう。ハビエルが差しだすものをすべて受け入れ、自分を差しだしていた。エミリーの指はキスで腫れあがった唇へと向かった。あのままいけば、きっと体を許していた。エミリーは自分の弱さにかぶりを振った。彼といると、自分自身を信じられなくなるなんて、情けない。

「エミリー！」

腹立たしげなハビエルの声が石壁に反響し、エミリーは逃げだしたくなった。彼が怖いからではない、嘘が粉々になったいま、これからどうなるのかわからないからだ。六年間これを避けてきた。わたしが家を出た理由を……結婚生活が破綻したわけを。

ああ、神様。

まだ準備ができていない。ビキニのストラップを手で押さえてびしょ濡れのままでは。彼を求めて体が震えているままでは。彼がプールからこっちへ向かってくる音がし、エミリーは階段を駆けあがって予備の寝室へ飛びこみ、バタンとドアを閉めた。ベッドの上掛けをつかんで体に巻きつけ、脚の震えを止めようとする。

ろよ」

「わたしに腹を立てるなんて、見当違いもいいとこ

「エミリー」ドア越しに彼がうなった。

「なんだって？」

「記憶喪失のふりをしたのはあなたでしょう！」

「そしてわが家をがらくただらけにしたのはきみだ。あの陶器のオウムはいったいなんなんだ」

ドアの向こうで夫が怒りに手を振り払うのが見えるかのようだ。

「嘘をついた夫への罰よ！」

「ドアを開けろ、エミリー」

「いやよ」

「ドア越しにする話ではないだろう！」アクセントがきつくなり、ハビエルが怒っているのがわかる。

夫を怖いとは思わないけれど、彼が何をするかはわからない。

「いまは……あなたの顔を見たくない」

「顔を見たくない？　六年前、レッドカーペットの上でぼくに待ちぼうけを食らわせたときみたいにか？」

「ええ、そうよ」

「後ろへさがるんだ」

「えっ？　いいえ、わたしは――」

木が裂ける音がした瞬間、エミリーは慌てて後ずさった。次の一撃で蝶番からドアが外れる。

「ハビエル！　何をしているの？」ドアは残った蝶番にぶらさがった状態で部屋のほうへと傾いた。ハビエルは、裸足で白いシャツとズボンを肌に張りつかせたまま、肩を怒らせ、いまにも怒りを爆発させそうだ。

「きみが出ていった理由を、きみの顔を見ながら聞けるようにしただけだ。きみが警告も説明もなしに去った理由をだ。今度は隠れられないぞ」

「隠れる？」よみがえる怒りに彼女は詰め寄った。

「隠れているとあなたがわたしを非難するの？」壊れたドアにもかまわず近づく。「ハビエル・カサス、先にわたしの前から去ったのはあなたよ」

ハビエルは衝撃に目を見開き、怒鳴り返す代わりに凍りついた。エミリーが近づこうとすると、夫は後ずさりした。

「なぜそんなことが言える？」彼は怒りに痛みを滲ませて咎めた。

「事実だからでしょう！」

ハビエルは首を振り、彼女を制止しようとあげた手を下へ落とし、背中を向けた。

「待ってよ。今度はあなたが話したくないというわけ？」壊れたドアをまたいで詰問する。「こんなふうにドアを蹴破っておきながら、そのまま立ち去るつもり？」

「後悔するようなことは言いたくない」

「気づくのが少し遅すぎたわね」エミリーは彼の背中に言葉を投げつけた。

ハビエルはやり場のない怒りに震えた。ドアを蹴破っただけでも最悪だ。しかし、妻がふたたびいなくなるのではと半狂乱になってしまった。やり場のない荒れ狂う感情を抱えたまま、ひとり残されるのではないかと。

歯を食いしばり、体の震えを止めた。これほどヒステリックな行動をするなんて、母と同じではないか。もっと自分をコントロールしろ。

主寝室へ入り、濡れたシャツのボタンをひとつずつ外した。服を引きちぎってしまいたかったが、そうしないことで感情を制御した。やがてエミリーが入ってくる足音が聞こえた。

シャツを肩から剥がし、水音をたてて床に落とした。

「わたしたちは話をする必要があるわ」背後から聞

こえる妻の声はほとんどささやきのようだった。

ハビエルは否定の叫びをのみこんだ。彼女が正しいのはわかっている。こんな興奮状態では振り返りたくなかったので、背を向けたままうなずく。

「着替えたら階下へ行く」

肌に張りつくズボンのボタンへ手をやった。きつすぎる。何もかもが。

「ハビエル――」

「話は着替えてからだ」反論を許さない目で振り返った。

だが、すぐに後悔した。エミリーの鮮やかなブルーの瞳は不安げで、まるで自分をなるべく小さくしようとするかのように、片足を後ろへ引いている。ナイフが彼の胸に突き刺さった。妻にこんな顔をさせるとは。ぼくが彼女を不安にしたのか。

〝先にわたしの前から去ったのはあなたよ〟

脳裏に響くその言葉を、頭をつかんで止めたかった。だが、そうはしない。ぼくはそれを聞く必要がある。離婚を避けるには、何が起きたのか知らなければならない。ぼくは父とは違う。ぼくに命を授けておきながら、家族の期待に応えられずに出ていった父とは。ぼくは戦おう。エミリーがどう感じていようと、彼女はぼくの家族だ。

入り口でエミリーがみじろぎし、彼の注意を引き戻した。

「乾いた服に着替えないと風邪を引くぞ」そう命じてバスルームへ向かい、ドアを閉めた。だがどれだけ距離を取ろうと、目に焼きついた彼女の姿は消えなかった。エミリーは体に上掛けを巻きつけていたが、水滴が太股を流れ落ちるさまを隠すことはできなかった。あの肌から舌でしずくを拭い取りたい。妻の肌に触れてまさぐりはしたけれど、あれくらいで満足できるものか。まるでこの血に狂気が流れているかのように、妻がほしくてたまらない。互いの心がすれ違っているいまも、彼女がほしかった。舌で妻を味わい、自分の体の下でわななく妻を感じたい。絶頂に達する妻を見つめたい。

　脚からズボンを引き剥がしてシャワーで体を流し、タオルをつかんだ。バスルームから出たときにはエミリーがいなくなっているといいが。

　乾いた清潔な服に着替えたら、目の前のことに集中しよう。目標は？　戻ってくるよう妻を説得すること。それ以外はすべて些事だ。

　エミリーはシンクの前に立ち、湯の入ったマグの中でハーブティーのバッグをそっと上下させた。彼女の脚のあいだをすり抜けて行ったり来たりするデイアブラになぜか心が慰められた。そう、わたしには慰めが必要だ。ハビエルが寝室からおりてくるのに時間がかかるほど、緊張が募るのだから。六年間目をそらしてきたものすべてが緊張感や痛みとなって積みあげられていくようで、自分が何を言ってしまうのか不安でたまらない。

　わかるのは、いずれにせよ変わらなければならないこと。だけどいま考えることができるのは……。

「離婚はしない」

　ハビエルの宣言にエミリーは飛びあがった。猫もうなり声をあげ、一瞬でどこかへ消えた。

　マグからこぼれた熱湯が手にかかり、彼女は小さな悲鳴をあげた。ハビエルはののしり声とともにそばへ来て、彼女の手からマグを取りあげ、蛇口をひねった。彼女の手をそっと流水に当て、手が冷たくなりすぎないよう下側から自分の手のひらを重ねてあたためる。彼は小さく笑った。「ガビーも同じことをやった。ぼくにコーヒーを淹れようとして手を火傷したんだ」

　大切なもののように彼女の手を包みこむ夫の指に、心が乱れた。「火傷に気づいたとき、お母様はどうされたの？」

沈黙する彼に目をやると、ハビエルはまだエミリーの手に集中しているかに見えた。けれども彼は小さく首を横に振り、母親はいっさい何もしなかったのだとわかった。エミリーは胸を締めつけられた。驚きはしない。ただレナータ・カサスについてもっと知りたくなった。

傲慢で利己的、尊大なのは知っている。でもそれは、エミリーが嫁として見くだされているからだと思っていた。ハビエルにふさわしくない妻だからと。だけど問題は別にあるのかもしれない。

尋ねようとしたとき、彼は水を止め、清潔な布巾で彼女の手を包んだ。

「軟膏を取ってくる」

背を向ける夫へ手を伸ばした。「ハビエル――」

「ぼくは本気だ、愛しい人。離婚はしない」

思わず舞いあがる心に、エミリーは動揺した。気持ちを落ち着ける暇もなく彼が戻り、椅子を引きだして彼女を座らせる。ハビエルは自分も腰掛けると、彼女の手を取り優しく軟膏をすりこんだ。

手の上で円を描く彼の指に、心ならずもエミリーの胸には穏やかさが広がった。まだ怒りを感じていたいのに。怒りを感じていなくてはいけないのに。けれどハビエルの手の優しさと彼が発した次の言葉で、そんな気持ちはくじけた。

「ぼくは結婚の誓いを真剣にとらえていた」

「それはわたしも同じよ」むきになって言い返したつもりが、彼女の言葉は悲しい響きとともにふたりのあいだを漂った。

ハビエルの顎がぴくりとしたのは彼もそう感じているからだろう。「あれはどういう意味だ？　ぼくのほうが先に去ったというのは？」彼はエミリーに問われる前に言葉を足した。

ハビエルは本当にわかっていなかったのね。それがいいことなのか、悪いことなのか、エミリーにはわからなかった。

「あなたはほとんど家にいなかったわ、ハビエル」彼のあたたかな指から自分の手を引き抜いた。

ハビエルは眉根を寄せた。「ぼくはふたりのために懸命に働いていたんだ――ぼくたちの未来を守るために」

「わたしたちの未来は守られていたわ」そっと言った。「ふたりが一緒にいれば、ほかには何もいらなかったの」わたしに必要だったのは、わたしが求めたのはそれだけだった。

ぼくは違う。夫のまなざしはそう語っていた。そしてお互いに本音を口にすることができず、口にしようともしなかったのは、ふたりに未来がないからだ。

「ぼくたちには金が必要だった、ぼくの命（ミ・ヴィーダ）」

「お金ならすでに充分すぎるほどあったわ。わたしには想像もできないほどのお金が」

「ぼくたちには保証が必要だったんだ、エミリー。母は〈カサス・テキスタイル〉の実権を絶対に手放さない。ぼくはおじから小さな事業をまかされてはいたが……」話しづらそうに目をそらす。「自分で道を切り拓（ひら）く必要があった。そんなときにサンティが映画への出資者を探していて……誰も資金を出そうとしなかった。彼は断念しかけていたが、ぼくは友人にそんなまねはさせられなかった。だからリスクを負った。多額の投資をしたんだ、多すぎるほどの投資を。おじに知られたら、無謀だと言われてぼくへの出資を取りやめていただろう。だが、危険はなかった。ぼくは大赤字になろうと補填（ほてん）できる準備をし、そのために三倍働いた。ぼくたちだけのものを手に入れるために」

「ハビエル……」そんな話は何ひとつ知らなかった。結婚しているのに自分がどれだけ蚊帳の外に置かれていたのか、いまになってようやくわかり始めた。「言うまでもなく、最終的にはサンティの映画は大成功を収めた」けれどハビエルもその映画に巨額の投資をしていたのなら、そのプレッシャーとストレスは……大変なものだったはずだ。

「なぜわたしに言ってくれなかったの？」

「ぼくの責任だったからだ」ハビエルは自分の胸をどんと叩いた。「確実性の低い案件への投資は、ぼくの選択、ぼくの決断であり、ぼくがリカバーしなければならなかった」

「でも妻として、わたしはその重荷を分かち合いたかった」

「だめだ。夫として、ぼくはそんな負担からきみを守りたかった」

エミリーはうめきそうになるのをこらえた。「そのせいで、わたしはこの結婚生活を孤独に感じたのよ。あなたは何も教えてくれなかった。わたしと分かち合おうとしなかった。あなたはお金や未来のことばかり見ていて、わたしのことも目の前のことも置き去りにした」

「そんなことはない！　すべてはきみのためだったんだ、エミリー。それがわからないのか？　きみのことを置き去りにしたことなどない」

「本当に？　フランチェスカのパーティーのことは？　プライベートジェットの滑走路でわたしを三時間待たせたのは？」

ハビエルは困惑した顔で彼女を見つめた。「それは……」

エミリーは苦々しい笑いを漏らした。「あなたはあのときだって覚えていなかった。それなのに、いま覚えているはずがないわね」

「なんの話だ？」

「あなたがわたしにスパンコールのドレスをプレゼントした夜のことよ」

ハビエルは歯を食いしばり、なじみ深い怒りを抑えこんだ。あの夜のことならはっきり覚えている。映画の収益見込みをサンティから聞かされた夜だ。それは彼らの想像をはるかに超えていた。三日後のプレミア試写会のために、きらめく夜を思わせるドレスをエミリーにプレゼントした。レッドカーペットで隣に立つ彼女に、すべての努力が報われたことを、彼の成功を見せたかった。予定より帰宅が遅れたのは閉店後までデパートを開けさせてドレスを受け取っていたからだ。

「それがフランチェスカとなんの関係がある？」

妻は深く傷ついた顔で彼を見つめ返した。冷や汗がハビエルのうなじを凍りつかせる。

「あのドレスをわたしに贈った夜、あなたはフランチェスカのパーティーへ一緒に行くと約束していたのよ。飛行機でイギリスへ飛ぶ予定だった」エミリーの声がくぐもって瞳が潤み、ハビエルは拳を握りしめた。「わたしは三時間待ったわ。あなたはわたしが帰宅したすぐあとに帰ってきて、気づくとベッドにあのドレスと招待状が置かれていた。あなたにとって大切な、あなたが行きたいイベントへの招待状がね」

エミリーはかぶりを振り、午後の明かりに金髪がきらめいた。ハビエルはフランチェスカのパーティーへ誘われたことを思いだそうとしたものの、どうしても思いだせなかった。あの頃、仕事漬けだったのは覚えているが、本当に彼女を何時間も待たせたりしたのか？

「そのパーティーがなぜそんなに大切だったんだい？」結婚生活にとどめを刺したそのできごとが思いだせないのが腹立たしい。

「友人たちにあなたを引き合わせて、わたしの結婚が大きな間違いだったかのように哀れみの目で見るのをやめさせたかったのよ」

「ぼくたちの結婚は間違いなんかじゃなかったよ、エミリー」

「そうかしら？　わたしたちは若かったわ、ハビエル。わたしは十九で、あなたは二十一歳。出会って三カ月も待たずに結婚した」

　だが出会って二分でぼくはきみと結婚すると確信していた。

　しかし、その返事は彼の胸に留めた。彼の中にいる子どもは、妻がふたたび去るのを恐れ、いまはまだそれを口に出すことができなかった。ハビエルは無意識に痛む胸をさすり、その動作がエミリーの目を引いたことにも気づかなかった。

「それできみはサンティの映画のプレミア試写会へ行く代わりに……」言い終えることができなかった。言えば彼女に捨てられた痛みが声に出るだろう。だがエミリーは、ぼくも彼女に同じ仕打ちをしたと言っているのか？

「出ていったのよ。あなたに気づいてほしくて。わたしはお金なんてどうでもよかったの、ハビエル。わたしたちふたりがいればよかった」

　ハビエルははっとした。「なぜ過去形で話すんだ、エミリー？」

「何も変わっていないからよ。あなたはいまも自分の求めることをもとに決断をくだしている。わたしたちでも、わたしの求めることでもなく。すべてがあなたを中心に回っているような人生を生きることは、わたしにはできない」苦しげな声が、彼女にとってこの会話がいかにつらいものかを物語っていた。

　いまハビエルが感じられるのは痛みだけだった。痛みが胸から全身へ広がり、これまで経験したことのない焦りが、ふたたびいなくなる前に彼女をつかんで放すなと命じる。いま彼女を行かせてしまえば、二度と戻ってこないだろう。こめかみが脈打ち、心臓が半狂乱で鼓動を刻んだ。

どこで間違った？　なぜこんなことになった？　修復してみせる。今度は失敗しない、失敗できない。

「わたしはイギリスへ帰るわ」エミリーが椅子から立ちあがろうとする。

「二週間」言葉が飛びだした。「ぼくに二週間くれないか」

「ハビエル……」

「最後の頼みだ」

「二週間経ったあとは？　わたしを自由にしてくれるの？」

「きみが望むなら」言葉を口から押しだした。そうなる危険がないのはわかっていた。ハビエル・カサスは勝算のない取引はしない。ぼくはエミリーを甘く見ていたかもしれないが、妻のことならわかっている。妻の好むこと、妻の求めることであれば。それらを与えさえすれば妻は戻ってくる。ぼくはこの結婚を修復する。失敗することはない。なんとかコントロールを取り戻すと、パニックは静まってきた。

「離婚に応じるのね？」

いいや。「きみが望むなら」そう繰り返し、テーブルの下で拳を握りしめた。そんなことにはならない。絶対に。

「じゃあ、わたしからも条件がひとつあるわ」

驚きを隠してうながした。「言ってくれ」

「その二週間、セックスはなしよ」

うっと息が詰まった。「それはだめだ、エミリー。冗談はやめてくれ」

「冗談を言っているわけじゃないわ」リンゴのように丸みのある頬が赤くなる。

「ぼくの心（ミ・コラソン）、そんなのばかげているよ。セックスは――」

「気をそらす手段でしょう。いつもそうだった。わたしたちの結婚が抱える問題の根っこにたどり着きたいのなら、セックスでわたしを懐柔するのはやめてちょうだい」

「きみを懐柔だなんて……。エミリー――」

「やめて!」妻はきっぱりと片手をあげた。「あなたはいつもそう。ハンサムで意志が強くて……わたしが腹を立てていても、セックスで忘れさせる」

「エミリー、そんなに簡単に忘れられるのなら、きみはそもそもぼくに腹を立てていないんじゃないのか?」

「それはへりくつよ、ハビエル!」

彼は肩をすくめた。本当にへりくつだろうか。エミリーがつけた条件の分、妻を取り戻すのは難しくなったが、彼女はハビエルが好敵手であるのを忘れている。

「セックスを定義してくれ」

「なんですって?」エミリーは声が裏返り、ショックに目を丸くした。

「セックスの定義だ」ゆっくりと繰り返す。

もう一度肩をすくめた。妻の動揺をいささか楽しみすぎているだろうか。

「そんなの、わかっているでしょう……」

妻に加勢などするものか。こんなばかげた条件をつけるのなら、その言葉を定義してもらおう。そしてそこに解釈の余地があれば、こちらはそれを存分に利用する。

「性交よ」妻は思いきって吐きだすように言った。

「了解した。だが、こちらもひとつ条件がある。きみにはぼくのベッドで寝てもらう」

「でもセックスはなしという約束でしょう」

「セックスはしない」

「セックスはしないけど、同じベッドに寝るということ?」

ハビエルはうなずいた。

「いいわ」妻がおずおずと手を差しだす。

彼は笑いだしそうになった。簡単すぎて罪悪感を覚えそうだ。彼女の小さな手を取り、警告の熱い火花が散るのを無視する。

「交渉成立だ、女王様(ミ・レイナ)」

ハビエルが立ちあがったので、エミリーはびくりとした。「どこへ行くの?」この一時間のできごとに頭がくらくらしていた。

「きみの荷物を移動させる」

反論しようと口を開けたが、言葉が出てこない。彼とベッドをともにすることに同意してしまった。セックスはなしという約束だけれど、わたしはみずからの体を拷問に差しだしてしまったのかもしれない。彼がキッチンをあとにするなり、エミリーはテーブルに顔を突っ伏した。

わたしは何をしてしまったの?

彼を呼び戻そう。すべて撤回し、フランチェスカに電話を入れて誰かを迎えに寄越(よこ)してもらおう。電話に手を伸ばしかけたとき、猫の叫び声と男性ののののしり声が聞こえた。階段を駆けあがると、ディアブラが稲妻のように走り去り、エミリーは主寝室をのぞきこんで息をのんだ。

そして、大笑いした。

振り返ったハビエルが手にしていた最高級のシャツが、ずたずたに引き裂かれていた。室内は破壊のかぎりを尽くされて綿ぼこりと羽毛が舞っている。彼の顔ったら! 悲惨極まりない状況の床からお気に入りのズボンを拾いあげるハビエルに、エミリーはまたも笑いが止まらなくなった。

彼はエミリーへ顔を向けてじっと見据えた。「笑うがいいさ。だが、きみのカーテンの惨状を見たのか?」

とたんにエミリーの笑いは止まった。

7

エミリーは脚を動かした。ゆうべ替えたシーツのなめらかな肌触りが心地いい。ぬくもりにくるまれてベッドの中へ潜りこむ。サンダルウッド、ミント、それに何かスパイシーな香りが密やかに、けれど絶え間なく、官能をくすぐって体の芯がしだいにぴんと張り詰めていく。うつらうつらと息を吸いこんだエミリーは、隣で体を動かしたハビエルに悲鳴をあげた。

「ぼくだ。きみが望むのなら――」

エミリーは寝返りを打って夫の腕をぴしゃりと叩いた。「驚かさないで!」

「ぼくは最初からここにいたよ、ぼくの命」ハビエルは笑ってシーツをはねのけ、ベッドを出た。

彼の裸身にエミリーは息をのみ、慌てて目をつぶる。

「エミリー、なにもぼくの体を見るのは初めてじゃないだろう」

「そうだけど、いまは話が別よ」ハビエルが彼女の脇で膝をついたらしく、ベッドが沈む。

「ミセス・カサス」

彼はエミリーが目を開けるのを待っている。それがわたしの夫だ。彼は命令し、要求し、完全な注目を求める。そろそろと片目を開けると、目の前に彼がいた。夫はまだ寝ぼけている彼女に頬をすり寄せて頭を傾けさせ、首のくぼみに顔を埋めてエミリーの肌の香りを吸いこんだ。まだ夢の中にいた彼女が枕から彼の香りを吸いこんだのをまねて。

「きみがルールを決めた」ハビエルの吐息が肩にかかる。「ぼくのもとへ戻る決心がついたなら、こんなくだらない禁止令は取り消して、ふたりで何日でも愛を交わせる。いいかい、美しい人、ぼくにはそれ以上の望みはない」

それだけ言ってハビエルは去り、エミリーはいまは彼とともにしているベッドにひとり残され、もどかしさに体をうずかせた。

彼女は愚か者ではないし、自分に嘘をつく習慣もない。もちろん、彼がほしい。ハビエルは大理石から彫りだされた肉体が熱い肌と命を授かったかのようだ。六年間という歳月の分だけ、たくましさを増していた。昔から彼はその強靭な体を誇り、ジムで何時間も鍛えていた。そうやってエネルギーを吐きだす必要があるのだと、エミリーは早くから気づいていた。文句をつけたことは一度もない、彼の体は息をのむほど美しいのだから。広い肩幅、彼女の両手では包みこめないほど太い二の腕。割れた腹筋は笑うと波打ち、彼が達するときも……。ぎゅっと目をつぶって思考にブレーキをかけた。すると今度は彼の胸板を覆う巻き毛が頭に浮かび、指でなぞってじらし、下腹部、そして猛々しくいきりたつものへと手を滑らせる感触を思いだしてしまった。

脚のあいだが熱く脈打ち、ぎゅっと目をつぶって太股をこすり合わせた。まぶたの裏に、ぼくにひとつでも欠点があるなら探してみろと挑むかのようにこちらを見つめる彼の顔が浮かんだ。そして腹立たしいことに、わたしには彼の欠点を見つけられない。この二週間はわたしを誘いこむための罠だ。

わたしの夫は、目的のためならセックスを利用することをためらわないのだから。それにハビエル・カサスは負けるような男性ではない。けれどわたしもこのゲームで手加減することは許されない。昨日の言葉は本気だ。六年経っても何も変わっていない。ハビエルは、意図的であろうとそうでなかろうと、自分が求めることを最優先にする男性だ。それは悪意や強欲のせいではなく、純粋とさえ言える頑固さゆえだろう。どうしてこれまでそれが見えなかったの？　自分を曲げようとしないだけなのだから、まだましと言える？　それとも余計に悪い？　もう少し理由を理解できたら……。考えてみると、夫のことをよく知らない自分が恥ずかしかった。知り合う前に恋に落ちるのは可能なのだろうか？　若さゆえの自信と情熱に駆られて、わたしたちは結婚を急いでしまった。

〝ぼくは結婚の誓いを真剣にとらえていた〟

わたしもよと、心の声が言い返す。フリヒリアナのわが家にいると、彼を愛した理由がすべてよみがえってくる。彼のたくましさと優しさ、彼女を笑わせるところ。ロンドンの内気な娘を情熱と色彩と輝きの世界へ連れだし、彼女の才能を目覚めさせてくれたこと。そのすべてをふたりは分かち合っていた。嘘をつくことはできない。エミリーはかつてたしかに彼を愛した。

けれどそれでは充分ではなかった。わたしの母親のようになるわけにいかないのだから。ひとりの男性のために自分を見失い、自分の子どもはおろか、自分自身まで忘れてしまうことはできない。だからエミリーは立ちあがり、ハビエルがバスルームから出てくる前に部屋をあとにした。

ハビエルがキッチンの入り口で足を止めたとき、エミリーはテーブルに着いていた。彼女のふくらはぎのあいだを縫っていたディアブラが彼をじっと見る。ワードローブに甚大な被害をもたらした獣をにらみつけると、猫は厚かましくもにらみ返し、彼がキッチンへ足を進めるなり逃げ去った。

ハビエルはうめき声をのみこんだ。妻よりも猫に好かれる努力をする必要がありそうだ。エミリーの朝食の隣に日焼け止めを置き、携帯電話を取りだした。猫との関係改善に役立ちそうなものをネットで注文するか。

「これは何？」妻はボトルを手に取って尋ねた。

「日焼け止めだ」

「それは見ればわかるわ」

「塗ってくれ。このあと出発して――」

エミリーが片方の眉をつりあげたので、彼は言葉を切った。今度はさらに大きなうめき声をのみこむ。妻と分かち合え。エミリーは関わることを求めている。ゆうべ聞いただろう。妻の話を聞いて、自分が彼女にそこまで孤独を感じさせていたことにショックを受けた。孤独ならぼくも知っている。あんな思いは誰にもさせたくない。

「ダーリン、日焼け止めを塗ってくれないか」歯が浮きそうなほど甘い声で言った。「きみを連れていきたい場所があるんだ。十分後に出発しよう――それできみがよければ」

「それは命令ではなく問いかけなのね。感心したわ」からかう妻の目が喜びにきらめき、ハビエルの胸の奥に光がともった。充足感、安らぎ、そして自分自身の喜びの光が。

「どこへ行くつもり？」エミリーが尋ねる。

「ずっと前にきみを連れていくべきだった場所だ」

ハビエルはドライブを愛していた。事故の衝撃もその愛を消し去ることはなかった。最初の十分間はいつもより集中しなければならなかったが、シフトレバーをきつく握りしめていた手にエミリーがそっと指を滑らせると、フリヒリアナから目的の地へと続く九十九折りの道に車を走らせながら肩の力が自然と抜けた。

マットグレーのオープンカーの開いた屋根から朝の日差しが注ぐ。エミリーはなびく髪を押さえつけるのをあきらめて助手席に沈みこんだ。上気した顔は笑みを隠しきれていない。

　ギアを切り替えて曲がりくねる道を進むふたりのあいだには、心地よい沈黙が広がっていた。どちらも風とエンジンのうなり越しに声を張りあげようとはしない。こんなにゆっくりするのはいつ以来だろうか。仕事、終わりのないミーティングとメールのやりとり、母の相手。そういえば、レナータがこれほど長く静かにしているのは初めてだ。いつもなら倒産寸前のビジネスを立て直すため、ぼくに資金援助をしつこく迫ってくる頃だが。

　エミリーの指が手をふたたびかすめるのを感じて、ハビエルは緊張を解いた。ここ数年、母からの干渉はひどくなる一方だった。母の要求が増えたのか、それとも母の体重が日増しに増加して存在感が増しているだけなのかはわからない。笑みを張りつけてエミリーへ顔を向けたとき、目的地への出入り口を示す標識に彼女が気づいた。

　妻は首を伸ばし、目を見張って彼に向き直った。

「本当に？」

　不意にハビエルはこれまでの自分が最低な夫だった気がした。こんなささやかなことでも妻は心から喜んでいる。

「本当だ」ハビエルは心の中で約束した。妻が望むことを二度と先延ばしにはしない。

　カーブを曲がりながら、エミリーの胸は喜びに高鳴った。初めてスペインを訪れたときからアルハンブラに行きたかったけれど、すぐにハビエルと熱烈な恋に落ち、実現することはなかった。だが駐車場は空っぽで、エミリーの心はすとんと急降下した。がっかりしないよう自分に言い聞かせたが、あたりは静まり返っている。つまり、今日も実現はしないのね。長蛇の列と大混雑で有名なのに、駐車場ががらんとしているのは休館日だからだ。

「どうした？」問いかけるハビエルは状況を理解していないようだ。

「今日は祝日なんでしょう？」

「いいや」彼は困惑顔だ。「なぜだ？」

エミリーは肩をすくめた。「わざわざ来たのに休館みたいね、残念だわ」

「休館はしていない」彼は車から降り、助手席側に回ってドアを開けた。

「だって誰もいないわ」

ハビエルは、まだわからないのかという目で彼女を見つめた。「きみがいる」

夫に導かれて石造りの大きなアーチを通るとドアが見え、制服姿の小柄な男性が立っていた。彼は優雅に会釈し、ふたりを通用口から通した。

ハビエルは彼女に少し待つよう告げて男性とともにいなくなり、エミリーは中庭をくるりと見まわした。なんという美しさだろう。アルハンブラは軍事要塞であり、宮殿でもあり、イスラム建築とスペインのルネサンス様式の両方を見ることができる。異なる様式は不協和音をきたしそうなものだが、ここでは芸術だ。

エミリーは〝赤い城〟という、この広大な建築物の名の由来となった、ぬくもりを帯びた壁の輝きを見つめた。高い丘にそびえ立つ宮殿群は、防衛施設でありながら堂々たる威厳を湛（たた）えている。けれどもエミリーが引き寄せられるのはナスリッド宮殿だった。複雑な模様を描くタイルにモザイク、彫刻飾り、そして彼女がもっとも愛する回廊（ミラドール）。回廊のアーチに切り取られ、あの場所からは美しいグラナダの街が、額縁に飾られた芸術作品のように見えるという。

呼吸をするたび、新たな景色が見えるたび、創造力の泉が満たされていくのを感じた。こんな場所を独り占めしているなんて信じられない。ハビエルが覚えてくれていたなんて……。

「楽しんでいるかい？」

ハビエルの声にはっと振り返ると、彼の隣には若い女性がいて、手にしたトレイにはシャンパンとレモネードのグラス、それに小皿料理（タパス）が並んでいた。

夫の気づかいがうれしくて彼と視線を交わし、レモネードとタパスを手に取った。どれにしようかと悩むハビエルに笑みを向けてグラスを口へ運ぶ。ハビエルはようやく満足してレモネードを受け取ると、スタッフに背を向け、長い歴史を持つ建物へと彼女をうながした。「どこから見学したい？」

彼はサングラスを外して指先でゆっくりと回し、首を片側へかしげ、くつろいだ目をしていた。襟を開いて袖まくりした白シャツがブロンズ色の肌を強調する。事故後の不健康な青白さはもうほとんど名残もない。頬のあざはほぼ消え、額にかかる黒髪が縫合跡を隠している。エミリーの体はいまや別の種類の興奮に熱くなっていた。彼女の意識が向かう方向を感じ取ったのか、夫のまなざしが熱を帯び、眉がひょいとあがる。

「ここにはぼくたちのほかは誰もいない、美しい人（カリーニョ）……」

眉根を寄せて振り返ると、さっきの女性の姿はなく、エミリーは唇が弧を描くのを止めようとして、またも失敗した。「あなたにはかなわないわね」

「きみには負けるさ」夫はヴィクトリア朝の紳士のごとく腕を差しだした。

これが恋しかった。こんなふうに気軽にからかい合って楽しむのが。ハビエルと別れてからの歳月は暗く、沈んでいた。小さなチームを率いるようになってからは、難しい決断をくだし、ときにボス風を吹かせる必要があった。何かを楽しむ余裕などなかった……。

夫の腕を取って彼を見あげた。「どこでも入れるの？」

「どこでもだ」

「ほかには誰もいないのね？」

「誰もいない」

　もちろん最初はあの場所だ。エミリーはナスリッド宮殿へと彼を導いた。学校で写真を目にしたときから何年も忘れられなかった場所だが、ついに念願が叶うことも、ずっと気になっていた疑問を口にするのを止めることはできなかった。

「ハビエル、あなたはいったいどれだけお金持ちなの？」

　夫は一瞬彼女を見つめ、それから頭をのけぞらせて大笑いした。

「大金持ち、というのが端的な答えだな」

　エミリーはその先を待った。ハビエルは一度うなずき、遠くのシエラ・ネバダ山脈へと顔をあげた。

「サンティの映画があれほどの成功を収めるとは誰も思っていなかった。ぼくたちでさえだ」

「一か八かの賭けだったのなら、どうして出資したの？」

「サンティはぼくのきょうだいだからだ。血のつながりはないが、六歳のときに公園で会うなり喧嘩になって以来の仲だ」

「どっちが勝ったの？」ハンサムでたくましいふたりの子ども時代を想像して問いかけた。

「美しい人、そういうことはきかないものだよ」

「つまり、サンティが勝ったのね」

　彼はやれやれと笑みを浮かべたが、その表情がわずかに翳る。「だが、大きな賭けだった。途方もなく大きな。とはいえ、出資に応じたのはサンティに頼まれたからだけじゃない。ガエルやレナータから与えられたものではない何かがほしかった。気まぐれに取りあげられることのない何かが。ぼくには成功が必要だった」

　この六年で初めて、エミリーは夫を理解し始めていた。いいえ、六年前なら理解できなかった。だけどいまは自分も会社を経営して心血を注ぎ、成功が与えてくれる自信を知っている。でも夫もそんな自信を必要としていたのは意外だった。

「サンティの映画の興行収入が一億ドルを超えたとき……」ハビエルは手のひらを上に向けて肩をすくめた。「思いもかけない利益にあずかった。サンティへ再投資したが、ほかの投資にも回した。その後の歳月で損失も出したものの、それよりはるかに多くを稼いだ。いまはとある団体と協力してその利益をなるべく社会へ還元しようと努めている。だが、ああ。それでもまだうなるほど金がある」

彼にとって大切なのは、お金ではなく、密かに心に定めた自分の目標に到達することだったのだろう。夫はいつだってがむしゃらだ。がむしゃらすぎて身勝手に見えることさえある。アルハンブラの中心へと向かいながら、エミリーはなぜか胸を締めつけられるのを感じた。

「あなたの成し遂げたことはすばらしいわ、ハビエル」彼の腕に妻の手のひらが触れると、胸の中で火花が散った。「あなたは信じられない成功を収めた」

妻の何気ない言葉に彼の鼓動は止まった。誰かにそんなふうに言われたことはなかった。祝福され、求められ、妬まれたことはいくらでもあるが、成功を認められたことは……。エミリーはブルーの瞳をきらめかせて彼を見ている。そのまなざしは官能的なものでない分、余計に強烈だ。だが……。

「お義母さまも喜ばれているでしょうね」

ハビエルは目をそらした。「母は知らない」

エミリーが眉根を寄せて立ち止まりかけた。「どういうこと?」

「母には知らせないほうがいいんだ」

ぼくが一生金を貢ごうと、母が満足することはないだろう。祖父から受け継いだ事業のためであれ、自分自身のためであれ、金は母を残酷にする。それを思い返すと、あたたかな朝に冷たい影がよぎった。

　だが自分が言葉足らずなのはわかっていた。だから、朝の日差しに肌をそっと焼かれながら、ハビエルは氷上に足を踏みだすことを選んだ。

「ぼくの母は……」なじみ深い罪悪感を覚えながら、正直な言葉を探す。「危険なほど利己的だ。たしかに、母は社交的で滑稽なくらい大げさなときもあるが――」小さな笑みで言葉をやわらげた。「そんなそぶりの下ではもっと……はるかに複雑なんだ」

　まだ困惑の色を浮かべるエミリーに、ハビエルは不意に彼女に理解してほしくなった。理解されることを恐れる気持ちもあったものの、ベンチへと彼女を導き、座るよううながした。

「子どもの頃、ぼくの具合が悪いにときに母は何を作ってくれたかきいたよね。ぼくたちは具合が悪くなること自体、許されなかった」彼は思い出をのみこんで続けた。「母の予定の邪魔になり、母の気が散るからだ。どこも悪くないはずだと言い張られて……」母を信じようとしていたなんてと、ハビエルはかぶりを振った。「表面的にはぼくたちは幸せな家族に見えただろう。だが注目を求める母の貪欲さには限りがなかった。いまもそうだが。独り身のあいだは余計に悪化する」歯を食いしばって首をこわばらせ、こみあげる感情を抑えつける。「注目することを強要し、それに応じないと耐えがたいほど残酷になる。ところがこっちが母の求めに応じると、これでもかと愛情を注ぐ。ガビーが生まれる前には、ぼくを学校から連れだし、ギリシャの島々やカリブ海で贅沢な休暇を過ごしたものだ。ぼくにスーツを着せてダンスを教え、一人前の男として母に贈り物をさせ、適切な賛辞を口にするマナーを身につけさせた」

「あなたのお父様は?」

「ぼくが二歳になる前に出ていった、〈カサス・テキスタイル〉を破産させかけたあとに。ぼくはミスをするたび母に言われたものだ、おまえは父親と同じ出来損ないだと。子どもの頃のぼくは、ミスをしないようつねに神経を張り詰めていた」エミリーは、彼が無意識に握りしめていた拳を開かせて指を滑りこませた。彼の髪を後ろへ撫(な)でつけ、その頬に手を添える。ハビエルは彼女の手をつかんだ、すでにもろくなっている心の砦(とりで)をこれ以上壊される前に。

「切れるものなら母と縁を切るが……」

「だけど?」

ハビエルがかぶりを振る。「ガビーだ。妹を放ってはおけない。ぼくと暮らすよう妹に言ったことはあるが……」彼の体はこわばり、これを認めるのがどれほど困難なのか伝わってきた。ガビーは母親のもとに残ることを選んだのだろう。妹からの拒絶は彼にとって大きな打撃だったに違いない。彼は首を横に振った。「いまは母の求めに応じて金を与え、満足させておくことがガビーを守る唯一の手段だ」

彼の心情を思うと胸が痛い。自分の親から妹を人質に取られる気持ちは想像もできなかった。

「だがそうすることで、ぼくが母を怪物にしてしまったのかもしれない」

エミリーは首を横に振った。「ハビエル、あなたはレナータの息子であって、父親でも夫でもないわ。あなたは彼女の保護者ではないのよ。彼女のふるまいはあなたのせいではない」

ハビエルは首を振り、彼女の言葉を退けた。エミリーにはわからない。たしかにレナータは母親失格だが、それでもぼくの母だ。父とは違い、少なくともぼくを置き去りにはしなかった。突如解き放たれた怒りが、きみもぼくを残して去ったのだと、エミリーへ向かうが、ハビエルはその怒りを引き戻し、顔をあげた。

自分の言葉が彼の心に届かなかったのを察したのか、エミリーはナスリッド宮殿のエントランスへと目を戻した。「ガビーのためにはまだ何かできるんじゃないかしら。レナータとの関係を変えるチャンスだってあるかもしれない。レナータを変えることはできなくても、関係を変えることはできる。レナータに与えるものを変えることで、彼女から得るものも変わるかもしれない」

その言葉に従う気持ちにはまだなれず、エミリーの視線を追って陽光に赤く染まる建物を見つめた。

「それで、大金持ちというのは十億単位のお金の話？ そうだとしたら……」

ハビエルは思わず大笑いした。胸にのしかかる重さがふと軽くなる。

エミリーは彼を引っ張ってベンチから立たせると、この場所の歴史を説明し始めた。自分も熟知していたが、ハビエルは喜んで耳を傾けた。

彼女に続いて旧王宮（カーサ・レアル・ビエハ）へ入る。その名はキリスト教国スペイン時代に築かれた新王宮に対してつけられたもので、メスアール宮、コマレス宮、ライオン宮の三つの宮殿はどこもすみずみまで細やかな装飾が施されている。しかしハビエルの目は妻へと引きつけられた。

エミリーはいつの間にか彼の手を離れると、畏怖の念に打たれて目を見張り、部屋から部屋へゆっくり歩いていった。彼女は好奇心のおもむくままに足を進め、ささやかな美を発見しては喜びに息をのみ、自分の見つけたものを見せようと彼を引っ張り、興奮と熱気を彼と分かち合い……。こんな穏やかさを、心の平安を、ぼくは逃していたのだ。あまりに頑固だったために。

いいや。彼女が奪ったのだ。彼女はおまえのもとを去ってこの穏やかさをすべて奪った。

母とよく似た声に、父に捨てられた子どもの叫びによく似た響きに、ハビエルは抗(あらが)った。昔の記憶が呼び覚ました痛みを黙殺し、あの孤独な少年に逆戻りしないよう必死にこらえる。過去のできごとと未来への願いのあいだを引きずり回されて、頭がうずきだした。

エミリーがアーチ門をくぐって次の部屋へと進んでいく。屋内は薄暗く、精緻な透かし彫りの窓から外の光が差しこむだけだ。太陽が彼女へ手を伸ばすかのように、エミリーのシルエットが浮かびあがる。Vネックのブラウスの裾をミモレ丈のスカートの細いウエストに入れ、片方の足は反対の足首の後ろへ引いている。その姿に彼は奇妙な衝撃を受けた。

ああしてたたずむ彼女はいくらでも見たことがある。それなのに、初めて手が届かないように感じる。背中に冷や汗が流れ、焦りで鼓動が速くなった。奇妙な感覚は確信へと変わった。これが間違いを正す最後のチャンスだ。しくじれば、ぼくは妻を永遠に失う。

8

アルハンブラを訪れてから一週間近くが経ち、エミリーは疲れと刺激の両方を感じていた。ハビエルは博物館、美術館、景勝地と、スペイン中を飛び回って、彼女が行ってみたいと口にしたことのある場所ならどこへでも連れていった。

昼間はガウディにロスコ、ホルヘ・オテイサ、エドゥアルド・チリーダを堪能し、ビルバオ・グッゲンハイム美術館やマラガ・ポンピドゥー・センターの展覧会を訪れ、夜はミシュランの星付きレストランから通りの屋台まで美食の世界を探検し、頬が落ちそうな小皿料理から、ワインのテイスティングをする七品のコース料理まで楽しんだ。

何もかもがすばらしく、湧きあがるインスピレーションを表現するのが待ちきれなかった。だからハビエルが体を休めている数時間のあいだに——彼はまだ事故のせいで驚くほど体力が衰えている——エミリーは仕事に打ちこんだ。彼女のチームの仕事ぶりはすばらしく、この地から得るエネルギーとインスピレーションにより研ぎ澄まされた彼女の創造力と相まって、ここ数年で最高の仕事になりそうだった。

チームは彼女の不在を寂しがったものの不満はなく、忙しくしている。エミリーも不満はないし忙しいが……ハビエルが彼の母親について打ち明けたことをどうしても考えてしまう。彼は子ども時代のネグレクトにより心に受けた傷を見せてくれた。学校にいるとき、母親が結婚相手に熱をあげているあいだは自由でいられたらしい。けれど彼の話、それにエミリー自身のレナータ・カサスとの体験を考え合わせると、レナータの自己愛は単なる特徴ではなく、彼女の性質そのものなのだろう。残酷なまでに利己的な親に振り回された子どもがどれほど傷つくことか……。

衝撃的ではあったが、これでいくらか夫を理解できるようになった。自分の願望を固持しなければ、母親の強烈な個性の前にそれを見失ってしまったのだろう。母親の要求によって自分の意思をかき消されないようにするのは、並大抵のことではなかったはずだ。だから彼はいまだに自分の要求に固執してしまうところがあるのかもしれない。そう理解すると、夫に近づけたように感じるけれど……彼のほうはふたたび後ずさっている気がした。あの日から夫は考える暇もないほど彼女を忙しくし続け、あれ以上尋ねる時間はなかった。それに、認めよう、わたしはあの問いかけをもう一度口にするのが怖い。

〝あなたのお父様は？〟

〝……出ていった〟

彼は捨てられたと感じたのだ。ガビーが母親のもとに残ると決めたときも。六年前、わたしがスペインを去ったときも。罪悪感で彼女の胃はよじれた。だけど、あのときのわたしは彼の過去を知らなかった。だから、出ていくと決めた自分を責めはしない。

けれど、いまの夫について自分がくだした決断の責任を取ることはできる。警戒心を抱きながらも、わたしはふたたび夫に魅了されているのだから。彼女を惹きつけるのは夫のささやかな行動だった。三日前、リビングルームへ行くと夫は本を読んでいた。何を読んでいるのか尋ねると、夫は彼女に表紙を見せ――『美しき無毛種――スフィンクス・キャットのすべて』――自分が〝敵を知ろう〟としていることを示した。その敵がもう彼のあとをついて回るようになっていることは指摘せずにおいた。夫がそしらぬ顔をしてディアブラのためにおやつを点々と置いていたことはもちろんなんの関係もない。彼は自分の存在にゆっくり慣れさせようとしているのだ。スペインの反対側をエミリーと訪れるときだって、どんな夜遅い時間になっても必ず戻るようにしている。自分たちのベッドで寝たいからだと言っているが、彼がディアブラをひとりにしたくないのだとわかっている。

そうやって表面的には魅力的にふるまい、まわりに気を配りながらも、ハビエルはどこか緊張感を漂わせていた。それはこれまでエミリーがふたりのあいだで感じたこともないほど、ぴりぴりとした強い緊張感だった。目には見えないその感覚が彼女を惹きつけ、おびえさせた。

夫とのあいだに一線を引いたのは間違っていない。ハビエルと肌を重ねたら、彼に身をゆだねたら、わたしは自分を見失い、二度と取り戻すことができなくなるのだから。そして彼は約束を守り、夜の営みを求めようとはしない。けれども彼に惹きつけられるのは止められなかった。朝、ベッドの中で腰に手を置かれ、あたたかな体へそっと引き寄せられると、彼の高まりを脈打たせているものと同じ切望がこの肌を震わせ、体が反応してしまうのは止められない。腰にタオルを巻いてシャワーから出てくる彼に、心臓がどきりとするのは止められない。この世界にいるのは彼女ひとりで、それでかまわないという目で見つめられて、全身が脈打つのも。サンダルウッドとミント、それにスパイシーな香りがかすかにするだけで、エミリーの体はとろけ、心の防御がまた少し崩れてしまうのだった。

今夜のようにキャンドルが中庭(パティオ)を照らし、アイスペールにはシャンパンが冷やされ、お香から立ちのぼる煙が異国的な幻想へと誘い、内蔵スピーカーから静かな音楽が流れていると、彼にはなおさら抗(あらが)いがたくなる。

「わたしを誘惑しようとしているわね」パティオへ出てきたハビエルをなじった。ディアブラが彼の脚のあいだを縫っているが、どちらも優雅な足取りで、つまずくことはない。小さな〝女の悪魔〟がどれほどなついたかに気がついていたとしても、彼はおくびにも出さなかった。エミリーは笑みを隠してシャンパンへと顔を向けた。

「当然だろう。妻を誘惑せずに夫と言えるかい？」魅力を振りまきながらも、彼の声には緊張の響きがあった。

「大丈夫？」エミリーはまたも夫の世界から閉めだされる感覚を無視しようとした。

「もちろんさ、女王様（ミ・レイナ）」

また嘘（うそ）をついてしまった。エミリーも気づいたはずだ。だがアルハンブラへ行ったときから、ハビエルはこの感情を振り払えないでいた。ひどい気分だ。奇妙な怒りといらだちが魂に焼きつき、拭い去ることができない。大げさな言い方をするたちではないが、そうとしか言いようがなかった。

エミリーはバルコニーに出て、そばへとやってきた。こうも簡単に心を読まれてしまうのが腹立たしい。だがそれでいて、妻はぼくの心をまったく読めていない。エミリーは彼の頬へ手を伸ばした。そのまなざしが中へ入れてほしいと彼に求めるが、傷ついた心を開くことはできなかった。

エミリーの手のひらへ顔を向け、その中央にキスをして手首を取ると、親指に彼女の脈を感じた。ぼくに触れられて反応しているのだ。なんという誘惑。内なる声が彼を臆病者呼ばわりしようと、ハビエルの頑固な性格はそれをにべもなく無視し、お互いの欲望を満たすことのできる行為に喜んで飛びこんだ。妻の出した条件に応じたからには、紳士としてそれを破るつもりはない。だがその条件には抜け穴があるので、これからそれを存分に利用するつもりだ。

脈打つ箇所に舌を這わせ、彼女の肌が粟立つのを見つめた。妻は反射的に指を丸め、唇から漏れた歓喜のささやきは彼を焚きつけるばかりだった。

「ハビエル、約束したでしょう」

「ああ」認めながらも、体は痛いほど昂ぶった。

「だめよ」だがエミリーの体は、花が日差しを求めるように彼のほうへと向いた。

妻が求めるものを確かめるために、読み取るために、体を引いてその目をのぞきこむ。だがそこに見えたぬくもりと慰め、そして激しい切望が、ハビエルをさらに深い狂気へと駆り立てた。

「だめなのは性交だろう」

「えっ?」妻が笑いまじりに問い返す。ハビエルは頭を傾け、むき出しになっている彼女の腕に沿ってキスを続けながらふたりのあいだの距離を縮めた。

「きみはセックスは性交だと定義した。想像力豊かとは言えない定義だな、エミリー」そっとからかい、彼女を見つめるためにしぶしぶ体を引いた。「だがぼくはきみから支配力を奪うようなことはしない、きみが望まないかぎり」

彼の言葉にエミリーのまなざしは白熱した光を放ち、ただの気晴らしとして始まったものが反駁しようのない欲求に変わる。

「きみのひと言でぼくはストップする」

妻を引き寄せると、ほてったその体からはジャスミンとオレンジの香りが立ちのぼり、彼の鼻孔を満たして興奮をかき立てた。

「ストップと言うんだ、エミリー」それはほとんど懇願だった。これで自制心の最後の糸が切れるとわかっている。彼女の額に自分の額を押し当てた。妻も彼が気をそらそうとしているのはわかっているのだ。〝ストップ〟と口にしたかのように彼女のまなざしが咎めるが、欲望が彼女に口をつぐませている。

ハビエルは彼女の鎖骨に口をつけて肌を吸いたて、彼の腕の中でとろけた妻を抱きあげた。

椅子へと運んだのは、屋内へ入ればあの約束も、彼の名誉も、そして彼女の服もたちどころに破られるとわかっているからだ。膝にのせると、エミリーの太股は自然と彼の膝の両脇へとさがり、またがる形になった。カーテンのように落ちかかる金髪がふたりを外界から遮断し、罪深く淫靡な欲望の世界に閉じこめる。

硬くこわばったものの上へ彼女の体を引きおろし、こすれ合う快感に互いの口から漏れるうめき声を、唇を重ねて舌で絡め取る。約束は守ると無言で誓いはしても、もっとも甘美な方法で罰を与えることなく今夜妻を解放するつもりはない。

エミリーがこの状況に拍車をかけているのは言うまでもなかった。彼女が着ているドレスは一見シンプルだが、そのデザインは彼を苦しめるためのものだ。細いストラップでつるされたサテンドレスはV字型にくれた胸元から谷間をのぞかせ、その誘いを拒むことはできなかった。胸元の肌に手を触れ、反対の手はなめらかな布地の深いスリットへ滑りこませて彼女のヒップをつかみ、さらに引き寄せて密着させる。どんなにきつく押し当てようと、妻に対する飢えが満たされることはない。

エミリーを求めるあまり震えそうになる手に力をこめた。妻の髪がこの行為を覆い隠してくれる。だから欲望が目をかすませようと関係ない。感じるのに、触るのに、味わうのに、視力は必要なかった。

唇は彼女の唇を正確に探し当て、熱くむさぼった。妻の唇は夫を受け入れて開き、ハビエルはその奥へ舌を差し入れた。エミリーを見あげる体勢は支配される者のそれであるはずなのに、ハビエルは妻を所有し、味わい、その唇を貪欲に奪い続けた。そしてエミリーはそれを止めなかった。彼女はみずからを開いて夫に与え、ハビエルは妻の中へ身を隠そうとした。

その考えひとつでブレーキがかかった。こんなことはすべきではない。どれほど求めていようと、エミリーはまさにこれを避けるためにあの条件を出したのだ。ぼくがセックスを利用して彼女の気をそらさないように。そしてぼくはこの一線を越えることを望んでいない。ハビエルは彼女の上腕をつかんで支えた。

「エミリー」ふたりが完全に情熱にのみこまれる前にやめようと、そっと呼びかけた。

エミリーは首を横に振った。彼がやめようとしているのはわかっている、けれどやめてほしくない。ふたりは一線を越えるぎりぎりにいて、愚かなことだとわかっていても、ハビエルがかき立てた炎はもう消せない。夫が憎らしい、夫もわたしが憎らしいのだろう。真実を口にすればすべてが変わってしまいそうで、ふたりともそれを恐れている。

だから代わりにわたしは、何もかも燃やし尽くすことを選ぼう。卑怯だとわかっていても彼を選ぶ、わたしが求めるものそのものなのだから。彼女の名前をささやく口にキスをし、唇を開かせた。そして夫が屈すると、エミリーはそれを最大限に利用した。彼の喉の奥から響くうめき声が、彼女の体の内側を振動させ、深いところに火をつけ、脚をさらに開かせる。自分の体を押しつけて彼を求めるよう焚きつける。

夫が降伏して頭をのけぞらせたけれど、まだ信用はできない。だが張り詰めた首筋の筋肉はあまりに抗いがたく、エミリーは唇を押し当て、舌に広がるしょっぱさ、スパイシーさ、そして甘さに歓喜した。彼の筋肉にそっと歯を立て、昼のあいだに伸びたひげにやわらかな肌をこすられて身を震わせる。

彼の手がエミリーの上腕をつかんだ。引き寄せるわけでも、押し返すわけでもないが、ハビエルが自制しようとしているのがわかった。それはふたりが交わした約束のように境界線を引き、エミリーはそれに抗いたかった。彼の、そして自分自身の、限界を試して理解したい。

ハビエルに腕をつかまれたまま身を乗りだし、唇を厚みのある彼の唇へと戻して舌でなぞった。細かな雨のようにキスを降らせて彼をいたぶり、ふたりの興奮を獰猛(どうもう)なものへと変えていく。

彼の肩をつかんでシャツを握りしめ、その下の筋肉と肌に爪を立てると、ヒップをつかみ返された。悦(よろこ)びのあえぎが彼女の口から夫の口へと注ぎこまれる。夫の息はすばやくて深く、まるで彼女の吐息さえ奪おうとするかのようだ。

エミリーは抗議の声を、否定の叫びをあげかけた。「わたしがこれを求めているの」目をつぶり、重ね合わせた唇に夢中でささやく。「この前は逃げだしたけれど、もう一度あなたに言うわ。お願い。今度はやめないで」

身勝手なのはわかっている。自分が何を懇願しているかもわかっているが、彼がほしくてたまらなかった。おそるおそる目を開けると、ハビエルは真剣な顔で彼女を見つめていた。一瞬の静寂に包まれる。彼のまなざしは答えを探しているが、エミリーにはどう答えればいいかわからない。それなのに、その強烈なまなざしで魂までも見透かされそうで怖い。

「これがきみの求めるものなのか?」問いかける彼の手があがり、ふたりのあいだに落ちかかったエミリーの髪をそっと戻す。

エミリーは唇を噛(か)み、うなずいた。こんなにも求めている。言葉にできないほどに。

「降参(メ・リンド)だ」彼がささやいた。その目はこの世界には彼女以外誰もいないかのようにエミリーを見つめている。

その言葉がエミリーの本能を解き放ち、彼女は彼の唇を求めた。お互いの手がサテンを、コットンを握りしめる。ふたつの舌がくすぐり、味わう。ふたつの唇が開いて重なり合い、吐息とうなり声が混ざって、ふたりはかつてないほど与え、奪い合った。

ハビエルは彼女を抱えて椅子から立ちあがった。なんてぞくぞくする腕力だろう。わたしは夫のなすがままになっているように見えるかもしれないけれど、言いなりになっているのは夫のほうだとわかっている。彼はクロスで覆われたテーブルへと運び、死にゆく男の最後の晩餐(ばんさん)のごとく彼女をそこに横たわらせた。エミリーは膝をあげてテーブルの表面に足をのせた。夫がその目で彼女をむさぼるのを見つめる。

「きみはぼくの女王だ(トゥ・エレス・ミ・レイナ)」彼が誓う。決然としたその言葉がふたりのあいだに炎を燃えあがらせた。

ふくらはぎを覆うサテンのドレスに彼の手が潜りこみ、彼女の膝を探り当てて太股を開かせる。エミリーの脚のあいだは熱く脈打ち、その熱をなだめることができるのは彼しかいなかった。ハビエルは彼女の両脚のあいだに立つと、ドレスの裾を少しずつめくりあげ、布の上から指を滑らせて円を描いた。ゆっくりと快感を高めていく吐息のように繊細な愛撫(あいぶ)の効き目は破壊的だ。

ハビエルはそのまなざしで彼女をいたぶった。欲望もあらわな彼の瞳に期待がいや増す。彼の沈黙はどんな言葉よりも効果的で、そこには問いかけと警告があった。彼は一線を越えようとしている。そしてエミリーは無我夢中でうなずき、それに応じた。

彼は腰をかがめて彼女の膝に口づけし、サテンを滑らせてどかした。唇で肌に触れ、舌で味わい、指でつかんで握りしめる。エミリーはゆっくり目を閉じ、ハビエルが与えてくれる感覚に身をゆだねた。

彼のキスが太股の合わせ目へと徐々に近づき、甘い期待がエミリーの喉を締めつけ、胸を高鳴らせる。ハビエルに太股を押し開かれて、唇から切れ切れの吐息が漏れ、彼が悦びのうめき声をあげるのが聞こえた。エミリーの膝は左右へ倒れて腰がわずかに持ちあがり……。恥ずかしい姿なのに、自分の体が輝いているように感じる。歓喜のきらめきを放つかのように。いま初めて、わたしは自分の欲望の支配者になったのだ。

ハビエルの口からよくわからない言葉がこぼれ落ちるが、それを翻訳する必要はなかった。エミリーもそれを感じているのだから。この瞬間にはこれまでふたりで分かち合ってきた時間を超越する何かが存在した。まるで真実が、約束が、この数日間が、幾重にも重なる層を剝ぎ取り、六年前には若すぎて向き合うことのできなかったむき出しの心をさらしたかのようだ。

サテンのショーツ越しに彼が口づけし、熱く濡れた舌が熱く濡れた場所を探り当てると、すべての思考は情熱の燎火に焼き尽くされた。

特に信仰心を持ち合わせていないハビエルは、これほど短時間にこれほど何度も神の名を呼んだことはなかった。だが実際、この瞬間はぼくの魂に焼きつけられている、その一瞬一瞬が感じられる。下着越しに舌で妻を味わい、テーブルの上で太股を震わせる彼女の腹部に手のひらを置いた。彼女を押さえておくためだけではなく、歓喜が妻の体をわななかせ、腰をよじらせるのを手のひらで堪能するために。

だがこれでは満たされない。ショーツをするりと脚に滑らせ、金色の巻き毛に隠された秘部を口を開いて覆う。するとエミリーの体がテーブルから落ちんばかりに大きく跳ね、ハビエルは頰をゆるめずにいられなかった。妻は昔から情熱的で反応が豊かだったが、今夜は何かが違う。自分を止められずに秘めやかな蕾を舌でつつき、彼の下で身をよじるエミリーを舌先でそっとくすぐった。

彼女が興奮を昂ぶらせる姿は、まるで股間をきつく握りしめる手のひらのように彼を甘い拷問で苦しめた。だが今夜ぼくが解き放たれることはない。代わりに、妻を絶頂へと導くことだけに集中しよう。ハビエルは彼女の入り口を親指でそっと押した。警告はそれだけで、すぐに指を滑りこませ、同時にもっとも敏感な部分に舌を走らせる。

エミリーは悲鳴とともにテーブルから体を起こした。妻の唇からこぼれた自分の名に体がうずくものの、今夜約束を破るつもりはなかった。妻を求めるこの狂おしい気持ち以上に何かを、誰かを熱望したことはないが、何が危険にさらされているのかはわかっているのだ、危険を冒すことはできない。

その代わり、あらんかぎりの情熱で妻を満たし、体の奥深いところにある歓喜の源泉を探り当てた。妻の懇願とすすり泣きがハビエルの舌に刻みこまれるまで、彼女をじらして絶頂の縁まで繰り返し導く。そして彼女がこれ以上はもう無理と口にした瞬間、指を奥深くへ突き入れ、快感のふくらみにそっと歯を立てた。その体は彼の指を締めつけて脈打ち、やがてエミリーははじけ散った。ハビエルの舌の先でエミリーははじけ散った。夫が与えた悦びに満ち足りて、沈みこんでいった。

負傷した肋骨とそのまわりの筋肉が引きつるのを無視して、ぐったりとする妻を抱えあげ、足にまとわりつくディアブラに気をつけながらベッドへ運んだ。エミリーは力なく抗議したが、サテンのドレスを脱がせて上掛けをかけてやる。ディアブラがベッドに飛びのり、エミリーの隣で体を丸めても、ハビエルは下へおりろとは言わなかった。

エミリーは目を覚ました。すっかり満たされているのに、体はまだ心地よくうずいている。ベッドで隣に丸まっているディアブラのぬくもりに笑みを向けたが、その先には夜の冷ややかさがあるだけだった。

時計に目をやると夜中の三時で、胸騒ぎがした。ディアブラを起こさないよう上掛けをそっとめくってローブを見つけ、階下へ向かう。ハビエルは椅子で寝ているものと思っていたのに、そこに彼の姿はなく、不安が肌をざわつかせた。月明かりが白いシャツを照らしていなければ、彼がパティオに座っているのを見落とすところだった。

エミリーは夫をじっと見つめた。

〝ぼくは結婚の誓いを真剣にとらえていた〟

それはわたしも同じだ。けれどわたしは真剣に離婚を求めてもいる。どちらもこんな生活を続けることはできないのだから。パティオへ続くドアを開け、プールへとおりる段に座っているハビエルのもとへ裸足（はだし）で進んだ。彼はぴくりとも動かないが、わたしがここにいるのはわかっているはずだ。

口を開いたとき、彼の言葉がエミリーを遮った。

「きみはなぜ戻ってこなかった？」

9

彼がこっちを向いていなくてよかった。感情のない夫の声から気持ちを読み取ることができなくてよかった。けれどもエミリーの息は凍え、口から吐きだされるのは痛みと罪悪感だった。

これだ。わたしはこの六年間、これから隠れ続けていた。孤独だったと、夫の頭には仕事しかなかったと、自分に言い聞かせることはできる。けれどそれは理由の半分でしかない。

彼の隣に腰をおろした。体が触れるほど近くはないけれど、体温が伝わる距離。ほんの数時間前、わたしはすべてをむき出しにされたように感じた。だからいまさら嘘で夫を裏切ることはできない。いまのわたしたちは真実を知るに値する。

「わたしが十一歳のとき、母はスティーヴンと出会ったわ」ハビエルが求めている答えではないと承知のうえで話しだした。彼がこちらを向くのを感じたが、陰に包まれた峡谷を見つめているほうが楽だった。「それまでは、わたしと母のふたりきりだった。でもわたしはそれで幸せだった。母は……わたしの父親が誰かわからないの。わたしを身ごもったとき、母は十七歳だった。自分を抑えつけ、非難してばかりの親に反発し、間違った場所で愛を求めてしまった」肩をすくめる。恥じ入る気持ちより、妊娠を告げたとき、親から二重に拒絶された母を哀れむ気持ちのほうが大きかった。「母は家を追いだされたわ」

憤慨した舌打ちが聞こえた。ハビエルにしては豊かな感情表現に、エミリーは悲しげに微笑した。

「でも、わたしは一度も寂しさを感じなかった。母はなんでも魔法をかけてくれたわ。いつも妖精の話をしてくれて、家の中は魔法と色彩で溢れていた」

きらきら光るオーナメント、フィンガーペインティングに泥遊びで彩られていた子ども時代に思いを馳せた。笑い声と愛情でいっぱいだった母と娘だけの歳月は、かけがえのないものだった。

「その一方で、母は苦労していた。身を粉にして働き、わたしを預けられるようになるまでは清掃の仕事に一緒に連れていっていた。どうにかやりくりしていたけど、自分はお昼を白湯で済ませ、夕食を粥だけにすることもあった。親の支援もなしに十七歳で子持ちになったんですもの、楽なはずないわよね？　母の交友関係も広がったとは言えない。だからスティーヴンと出会ったとき……」

最初に思いだすのは母のほっとした顔だ。重荷を分かち合えることへの安堵感。娘が自分のことをそんなふうに見なしていたのを知ったら母はショックを受けるだろうが、実際、そうだったのだ。だからエミリーはスティーヴンを受け入れる努力をすると自分に約束した。

「スティーヴンは母を幸せにしてくれた。彼といると母は安心できるようだった」

ハビエルと結婚した朝、この胸に安心感はかけらもなかった。空へダイブするような無謀で危険な感覚は、安心感からはほど遠かった。そしてわたしは内心では、自分と母の結婚式の違いようを喜んでいた。エミリーは思い出にとらわれる前に、六年前ハビエルのもとを去った本当の理由へと話を戻した。

「わたしは心から母の幸せを願っていた。母を取られたと恨む、甘やかされた一人娘にはなりたくなかった」

涙が一粒、頬を伝う。いまも傷ついているのが、本当は恨んでいたのが、いやでたまらなかった。

「母は変わったわ。最初はゆっくりと。わたしの子ども時代を彩っていた色彩を失っていった。無関心な男性のために母が自分自身を失っていくのをわたしは見ていた」

胸が痛むあまり最後はささやくような声になる。

「夫のことをいちばんに考えるようスティーヴンが求めたわけじゃないけど、彼は自分からは何もせず、ある意味、余計にひどかった。彼は奪い続け、母はそれを止めなかった。月が地球のまわりを回るように、母にとっては彼が世界の中心なの。そしてわたしは自分もそうなるのが怖かった」

エミリーの言葉にみぞおちを殴られ、ハビエルは彼女に質問したことさえ心の片隅で後悔した。彼女が出ていった夜、彼の胸には怒りが充満し、まるで血管に毒が流れこんだかのようだった。だがあのときの感覚のほうがこれよりはましだ。

「エミリー――」

妻は片手をあげて彼を止めた。「あなたの……あなたのせいではないの、ハビエル。あなたを責めてるわけじゃないわ。だけどわたしはスペイン語が話せないし、知り合いもいなかった。ここに留まるために大学を休学し、わたしの世界はあなた中心になった。あなたの帰宅を、あなたと過ごせる週末を待ちわびるようになったけれど、わたしに話せることと言ったら、買い物や料理のことだけだった」

「こっちの大学へ行かないかときみにきいたはずだ」

「ええ。でも言葉もわからないのに学べる自信がなかったから」

「スペイン語のクラスを取ることはできただろう」

「そうだけど……あなたは出張にわたしを同伴したがったでしょう。クラスがスタートする予定だったときも、あなたに連れられてセビリアに一週間滞在したわ」

「だがその――」

「そのあとは、あなたとサラゴサへ飛んだ」

ハビエルは口をつぐんだ。何を言っても彼女に反論されるだろう。振り返ってみると、当時の自分は何にも気づいておらず、そのことが無性に腹立たしかった。

「ふたりでいる時間はどんどんなくなり、あなたは仕事に没頭して、わたしは家にひとり取り残された。わたしがイギリスへ戻ってあなたがあとを追ってきてくれれば、それでわかると思ったわ。あなたの目にわたしが映っていると。あなたのまわりをわたしが回っているだけじゃないと」

あなたがわたしを愛していると。

口にされない言葉が聞こえた。ハビエルは深いところで、お互いに無言で耐えてきた痛みの下で、何かが震えだすのを感じた。

「どうして迎えに来てくれなかったの？」妻が小さな声で問いかける。

彼は砕けんばかりに歯を食いしばった。「行けなかった」いまや自分を恥じていた。

「どうして？」

「それは」真実が喉をざらりとこする。「ぼくはきみを失望させたからだ。何年も必死で成功を追い求めてきた。それなのに自分の人生で何より大切なものを――きみを――ぼくは満足させることができなかった。きみを迎えに行って、失望したきみの目を見るのは耐えられなかった」真実を吐露する痛みに目をつぶる。「だからきみを迎えに行かなかった。きみの目を見なければ、きみを探して見つけなければ、何も起きなかったことになる。ぼくはきみを失望させず、きみはぼくのもとを去らなかったことになる」

妻の手が顎に触れ、そっと自分のほうを向かせるのがわかった。目を開けると、彼の心をわしづかみにしているのと同じ罪悪感と許し、痛みと理解が、妻の瞳にも浮かんでいた。静寂の中、エミリーが彼の肩に頭を預ける。曙光(しょこう)が峡谷の尾根を染めて闇を焼き払い、黄金色を青色に流しこむまで、ふたりはそうしていた。やがてディアブラが朝食はまだかとうなり声をあげた。

ディアブラに餌をやり、疲労と睡眠不足からベッドに倒れこんだ三時間後、玄関ドアを乱暴に叩(たた)く音が響いた。ハビエルは毒づき、エミリーはベッドから跳ね起きた。誰だかわからないけれど、ドアが叩き壊されそうな勢いだ。ゆうべの告白の余波で、頭がなかなか働かない。

ハビエルを見ると、シーツをはねのけ、黒のズボンだけの姿で部屋を横切り、これから喧嘩(けんか)でもするかのように肩を回している。

どん、どん、どん、どん、どん……。

銃声のような音にエミリーはすくみあがった。

ハビエルがドアに向かって怒鳴ると、威勢のいい声がすぐさま怒鳴り返してきた。エミリーには〝開けろ(アブレーテ)、ろくでなし(バスタルド)〟としか聞き取れなかったが、そのあとハビエルが悪魔でさえも赤面しそうな罵声を浴びせ返した。

エミリーが階段の上にたどり着いたとき、ハビエルが玄関ドアを開けた。そこにはサンティがたたずんでいて、手にしたボトルからはシャンパンが溢れだしていた。

「まったく(クリスト)、サンティ、何時だと思ってる？」

「シャンパンを飲む時間だろ、きょうだい(エルマノ)」ハビエルを押しのけて家に入ってきたサンティは、階段の上にいるエミリーを見てぴたりと動きを止め、両腕を広げて歓迎した。「エミリー！　麗しのきみ(ミ・エルモーサ)！　おかえり！　この放蕩(ほうとう)者はどうやってきみを帰国させたんだい？」

「記憶喪失のふりをしたのよ」あぜんとしたあと怒

りだしたサンティに、エミリーは笑みをこらえきれなかった。彼の怒り方はちょっぴりわざとらしく、たぶん本当はすでに知っていたのだろう。

「おいっ（カブロン）！」本気でハビエルの肩にパンチする。

「どういうつもりだ？」サンティは賞を取れそうな演技で問い詰めた。

「ぼくがどういうつもりかって？ いまは……」ハビエルは腕時計に目をやった。「朝の十時半だぞ、サンティ。おまえこそどういうつもりだ？」

「別に何もないさ！ まあ、ＥＴＴＡにノミネートされたくらいだな」爪を磨くふりをする。

エミリーは息をのみ、階段を駆けおりて彼を祝福した。ＥＴＴＡというのは、一流中の一流のみがノミネートされる世界的な映画賞だ。「サンティ、すばらしいニュースだわ！」彼をあたたかく抱擁し、夫が彼女の頭越しに警告の目で親友をにらみつけるのを見逃した。「マリアナはどこにいるの？」

「すぐに来る。ベーカリーに寄り道しているだけだ。いまはチュロスを見かけると食べずにいられないんだ。においだけで、友よ（アミーゴ）、妻はクレイジーになる」

男性たちが抱擁するのを眺めて、エミリーの胸はちくりと痛んだ。マリアナは心が広くておもしろく、サンティはみんなを虜（とりこ）にするのに、スペイン語がしゃべれないわたしのために英語で話してもらうのが申し訳なく、あの頃は距離を取ってしまっていた。サンティが仕事で一年間オーストラリアに滞在したため、以来会うことはなかった。ふたりは親しくしようとしてくれたのに、自分の内気さがいまになって悔やまれた。

サンティはすでに栓を抜いてあるボトルを派手なしぐさでテーブルに置き、ハビエルに向き直ってふたたび抱きしめた。

「わが友よ（ミ・アミーゴ）、おまえ抜きには成しえなかった。あのとき、おまえが……」こみあげる感情に言葉を詰まらせる。

そのとき、マリアナが大声でサンティを呼ぶのが聞こえたかと思うと、笑みを浮かべて入り口に現れた。自分を置いてけぼりにして飲み仲間のもとへ向かった夫をなじる途中でエミリーに気がつき、喜びの声をあげて彼女をあたたかく抱擁し、巨大なおなかを押しつけた。

「まあ」エミリーは目を見開いた。

「双子なの」

「えっ！　予定日はいつ？」一時間以内に出てきそうな大きさで心配になった。

「まだしばらく先よ。全部この人のせいなんだから」マリアナは愛情たっぷりにぶつぶつ言った。

「おかげでセックスはずっとお預けよ」

「どこも一緒だな」ハビエルが静かにうめき、エミリーは思わず声をあげて笑った。

「おめでとう。触ってもいいかしら？」

マリアナは彼女の手をつかみ、大きなおなかに誇らしげにのせた。「エミリー、こっちがサラ・トーレス」左側のふくらみへと手を動かす。「そしてこっちはオスカル・ハビエル・トーレスよ」

そのミドルネームが意味するものに鳥肌が立ち、エミリーが顔をあげると、ハビエルは彼女とマリアナのおなかのふくらみを見つめていた。

エミリーは子どもがほしかった。彼の子どもが。大きくなるおなかと、それと一緒に強くなる愛情を感じたかった。お互いの両親が間違えたことすべてを、自分たちの子どもに対しては間違えないようにしたかった。傷を癒やして間違いを直したかった、ふたりの愛情、それに自分たちについて学んだ知識で。けれどふたりは充分に学んだのだろうか。この結婚を修復したい。でも過去と決別することができなければ、どんなにそう願っても叶わないだろう。

彼女の考えを読んだかのようにハビエルのまなざし

が燃えあがったが、そのときグラスはどこだと尋ねるサンティの声がふたりの無言のやりとりを中断させた。

ハビエルは午後の強烈な日差しから逃れてパラソルが作る日陰に腰掛けた。テーブルの上に皿、グラス、ボトル、コルク栓が散らばり、マリアナがいる側はチュロスのくずが落ちていた。彼女とエミリーは顔を寄せ合い、驚いたことに、スペイン語と英語交じりでおしゃべりに花を咲かせている。

「それってすごいわね」マリアナが勢いこんで言う。

「いいえ、とんでもなかったわ。だけどクライアントの要求だから、それに応えたの」

「緑水晶のバスタブなんて……お値段はいくらですって？」

「百万ユーロ」

自分のビジネスの話をするエミリーは生き生きとし、身振りも表情も自信に満ちていた。妻は自分の仕事と会社、そして自分の才能に誇りを持っているのだ。こんな妻の一面は初めて見る。ハビエルはふと好奇心をそそられた。彼女のオフィスはどんな感じだろう。妻はどんな場所に住んでいるんだ？ハビエルは申し訳なさを覚えた。彼女の母親と義父に会った短くも居心地の悪い訪問をのぞけば、イギリスでエミリーとともに過ごしたことはない。ここフリヒリアナで――母の家があるマドリード、おじが住むバルセロナからも離れた場所で――慌ただしく家を構え、妻にとってはそれがどれほど困難で孤独だったのか気づかずにいた。そして妻が友人と会うためにイギリスへ戻りたがったときも、彼はその場にいなかった。

ハビエルが布ナプキンを握りしめたとき、サンティの視線に気がついた。

「で、彼女にはすぐ芝居だってばれたのか？」サンティは驚いたふうもなく彼をじろりと見た。

「ぼくの記憶喪失が嘘だったとでも?」

「嘘に決まってるだろう」

「まあな。誇れたものではないが、彼女にたっぷり仕返しされたよ」

サンティが眉をあげて問いかける。

「オウムを見ていないのか?」

「猫は見た。そして、もう二度と見たくないね」サンティはぶるりと体を震わせた。

「ディアブラはスフィンクス・キャットで、あの種の猫は誤解されやすい。実際は、とても人懐っこいんだ」

「おまえがそう言うのなら。とにかく、エミリーと会えてよかった。彼女がそばにいるときのおまえは精神的に安定している」

ハビエルは顔をしかめた。

「おまえはぼくのきょうだいだ。だが彼女が出ていったときになぜあとを追わなかったのかは、まったく理解できない」

「それはもうどうでもいい。エミリーは戻ってきた」

「そうか? 彼女はここに残るのか?」

その問いの答えはわからなかった。そしてハビエルは人生で初めて、いつも頑固でいるわけにはいかないのかもしれないと不安になった。幸い、サンティは最新プロジェクトについて話しだし、ハリウッドの大物セレブの裏話でみんなを笑わせた。マリアナは何度かハビエルの視線をとらえたが、心の底まで見通すそのまなざしには思いやりと愛情が浮かび、その日彼女がハビエルやエミリーを詮索することはないとわかった。彼の親友の成功を心から祝うこの瞬間だけでいまは充分だ。ハビエルは彼らふたりに成功をもたらした映画にもう一度乾杯した。

ハビエルの携帯電話が鳴り響き、会話を邪魔されたサンティが悪態をつく。表示された番号に目をやったハビエルは、テーブルの向こうからエミリーに見られる前に表情をつくろった。

「失礼」携帯電話を取って家の中へと入ってしまったので、サンティが表情を曇らせたのも、問いかける妻のまなざしに友が口だけ動かして答えたのもハビエルは見逃した。

「母さん」心拍数が急上昇するなか、平静な口調を保とうとした。

「あなた、どこにいるの?」横柄な甲高い声。意外だが、レナータに飲酒癖はない。子どもの頃から、空になった酒瓶や、ドラッグの痕跡など、母の気分を警告するサインはそばになかった。彼女の声音から、そのときどきの心の状態を察するしかないのだ。

「どうしてここにいないの?」

「事故のあと、フリヒリアナで静養しています」感情が上下に揺れるのが情けない。彼の中の子どもはいまも必死に母をなだめ、母が求めるものならなんでも差しだそうとしていた。父とは違い、少なくとも母は出ていくことはなかったのだから。だがそんな軛にもう何年も抗っている。抵抗も効果はなかった。エミリーとの結婚は母から逃れる試みだったといまならわかる。妻への想いは本物だったが、あまりに性急すぎた。

「もう充分静養したでしょう。マドリードへ来てちょうだい」

「マ――」

「その呼び方はやめなさい」母がぴしゃりと言った。

ハビエルは深く息を吸いこんだ。「当分戻る予定はありません、レナータ」

「何をごちゃごちゃ言っているの。投資のチャンスがあるのよ、一緒に検討なさい」

一緒に、というのは母が単独でやることの婉曲表現だ。ハビエルは今回は折れるつもりはなかった。

「ルイスはどうしたんですか？」このヒステリーの原因がなんであれ、母の現在の夫なら少しは彼女をおとなしくさせられるかもしれない。

「ルイス？　ああ、彼なら追いだしたわ。離婚よ」

　頭痛が急速にひどくなり、鼻のつけ根をぐっとつまんだ。

「何があったんです？」

「横領よ。わたしたちの口座から着服していたの。だからあなたが帰ってくる必要があるの。あなたが事態を収拾なさい」

「お断りします」電話の向こうが静まり返った。

「何を子どもじみたことを。明日、わたしのところへ来るように」

「お断りします」怒りを押し殺して繰り返す。これまではひたすら与え続けてきたが、母が満足することはないのだといまようやくわかった。

「なんですって？　これまでわたしからさんざん与えられておきながら。この恩知らずの親不孝者。なんて利己的なの！　わたしがいなければ、今頃自分はどうなっていたと思うの？　出来損ないの父親のように路頭に迷っていたでしょうよ。その恩を仇（あだ）で返すつもり？　いいこと……」

　サンティはランチの後片付けを手伝い、最後の皿を食洗機に入れてため息をついた。「ぼくたちはそろそろ失礼しよう、美しい人（カリーニョ）」妻に向かって言う。

　エミリーは表情を曇らせた。「まだいいでしょう？」がっかりしているのが声に出ないようにした。ふたりと過ごした午後は楽しかった。六年前のわたしに足りなかったのはこんな時間だ。

　サンティは残念そうに説明した。「レナータからの電話で二分以上戻ってこなかったとき、いい知らせだったためしがないんだ。金を無心されているか、怒鳴られているか。たいていはその両方だ。ハビエルは戻ってこないだろう。だがきみがあいつのそばにいるときは、優しくしてやってくれないか？」エミリーはどきりとし、急いでうなずいた。

すぐにマリアナに電話をすると約束して笑顔でふたりを見送ったが、その午後の輝きは失われ、エミリーの胸はつい八日前に離婚を言い渡した男性を思って痛んだ。

屋内へ戻ると、ハビエルはリビングルームの窓から峡谷を見つめていた。結婚したとき、ふたりはお互いに何かから逃げていたのかもしれないとエミリーはふと思った。子どもの頃に欠けていたものを見つけようとしていたのだろうか。ふたりの感情が間違っていたわけではない。それに、その選択をしたときの自分たちの若さをいまなら許せる気がした。離れていたあいだの時間はふたりに必要なものだったのかもしれない。お互いに前より少しだけ賢明になり、もっとたくさん自信をつけ、大人として再会するために。そう思うと心が落ち着き、不意にあっさり気持ちが決まった。

けれど自分の気持ちを口にする前に、怖いくらい求めている未来へふたりを導く前に、いまのハビエルに必要なものを与えなくては。エミリーは彼の手を取って振り向かせた。彼の頬に手を触れ、反対の手は彼の胸板に置き、視線を重ねる。

「わたしに話して」

六年前にそうしたように、夫が心を閉ざそうとするのがわかった。だが彼は抗ってもいた。妻に心を開こうともがいている。それはエミリーにとって大きな意味を持ち、夫がその戦い勝ったことは希望を与えた。

「レナータと縁を切る」

10

　ハビエルは一瞬、心の底にある想いがエミリーを喚びだしたのかと考えた。サンティとマリアナが帰る物音は聞こえた。あのふたりなら理解してくれるとわかっている。長いつき合いになるサンティは、レナータともめたあとのハビエルをよく知っていた。だが、たいていエミリーからは隠しきれていた。ふたりが結婚していたあいだ、レナータは三番目の夫に首っ丈だった。おかげで大きな問題になることはなかったが、それも浮気をされて夫と別れるまでのことで、その一カ月後、エミリーは振り返ることもなくフリヒリアナを去ったのだ。

　咆哮したかった。怒り狂いたかった。焼き尽くされたかった。そう求めることしかできなかったとき、エミリーの手のぬくもりが彼を妻のもとにつなぎ止めた。

「レナータと縁を切る」憎しみをこめて繰り返した。「彼女は母親ではない。母親の愛情など持ち合わせていない。何もかも破壊するほどの利己心があるだけだ。ぼくがレナータに金や時間を与えることはもう二度とない」

　ぼくの心を与えることも。

　その言葉が彼をレナータに結びつけていた絆を燃やす。心がひび割れるのを感じたが、エミリーが受け入れてくれたのが、胸に置かれた彼女の手の感触が、その純粋さが、その日レナータから与えられた傷を少なくともいくらか癒やした。

「ごめんなさい」母が煽り立てた炎を妻のシンプルな言葉が鎮火する。

「きみのせいじゃない」

「謝っているんじゃないわ。あなたを理解し、共感しようとしているの」

ハビエルは痛みと怒りにしがみつこうとした。そうしなければエミリーを抱きしめてしまいそうだ。錯乱しそうな苦しさの中でも、エミリーとの約束の神聖さはわかっていた。ぼくに残されたのはエミリーの優しさだけだ、もしも彼女を失えば……。

「もう行ってくれ」背を向けようとしながら言った。

「いやよ」

「エミリー、行くんだ」

「わたしはどこへも行かない」妻はつま先立ちになり、熱く甘い唇を彼の唇へ押し当てた。「もうこれ以上時間は必要ないの、ハビエル」彼を打ち砕くキスの合間に、重ねた唇へとささやく。

甘やかさがしょっぱさに変わり、彼女の手のひらと自分の頬のあいだに涙が滑りこむのがわかった。妻は泣いていた。彼のために。その事実に彼は粉々になりそうだった。

「約束が――」

「約束は果たされたわ。わたしはわが家へ帰りたいの」エミリーは懇願し、彼の唇を舌でそっと割った。「お願い。わたしをわが家へ帰らせて」

ハビエルは激しく身を震わせた。彼女が差しだしているものは、ぼくがこの手にしたいものは、あまりに美しい。彼女の最後の言葉がハビエルを陥落させ、自制心を根こそぎ奪った。自分を拘束し続けてきた見えない鎖から解き放たれたかのように、ハビエルは足を踏みだし、彼女の体を抱えあげた。

情熱にのまれた彼の耳には、エミリーがあげた満足げな悲鳴も届かない。彼の腰に脚を絡める妻の太股の下へ手を回し、ヒップをつかむ。エミリーが彼のシャツを引っ張り、ボタンが飛んでいった。夫のシャツを脱がせながら、自分もトップスを脱いでいく。ハビエルは彼女の背中をリビングルームの壁に押し当てて唇を奪った。エミリーは抵抗せず、口を開いて彼を迎え入れ、その舌が彼を招き寄せる。悦(よろこ)びの甘い声が彼女の喉から彼の口へと流れこみ、昂(たか)ぶるものをベルベットのような手のひらで包んで握りしめた。エミリーは壁から体を起こした。開いた両脚のあいだの熱が、彼の欲情の証(あかし)に押しつけられる。彼女がほしい。激情が彼の腰のつけ根からうなじへと炎を走らせた。だがこの原始的なまでの生々しい切実さはぼくにとっても初めてだ。これまで体験してきたものとはまるで違う。

体を引いてエミリーを見つめた。妻の目は大きく見開かれ、情熱にかすんだまなざしはいっそう彼を刺激しただけだ。

「エミリー――」最後の良識を振り絞って懇願した。

「あなたがほしい」妻は乱れた吐息の合間にささやいた。「このままわたしを抱いて」

その言葉が彼を引き留めていた最後の糸を断ち切った。たちまち欲望が彼の体を駆けめぐる。この野獣のごとく獰猛(どうもう)な欲求を手懐(てなず)けられるのは妻だけだ。

腕をずらして自分の体の上でエミリーをゆっくりと下へ滑らせ、彼女のヒップと胸がこすれる感覚を、彼女の手がしがみついてくる感触を楽しむ。

妻のつま先が床に着くと、後ろを向かせてさらに壁へと近寄った。彼女の両手を取り、壁に当てさせる。すると妻は昂ぶったものへと腰を突きだし、頭をのけぞらせて彼の肩に預けた。ハビエルは自制心を失いかけた。悪態をつき、彼女の脇から胸へと手を滑らせる。ふたつのふくらみは彼の手のひらをあますところなく満たした。

欲求に震えてしまうのを止めたくて、エミリーは壁に体を押しつけた。怖い。彼をあまりに求めすぎていて、自分を抑えることができない。こんなに激しく強烈に求めたことはなかった。欲望にのまれてしまいそうだ。

ハビエルの手が彼女の胸を包みこみ、痛いほど硬くなった頂を親指で転がし、甘美なうずきを生みだす。体中がほてって肌がちりちりした。このまま本当に正気を失ってしまうかもしれない。それでもかまわなかった。

夫の片手が胸から離れ、喪失感にはしたなくも小さな悲鳴をあげてしまった。熱に浮かされたように白漆喰（しっくい）の壁に向かって指を曲げて空をつかみ、体の渇きを募らせる。すると彼はすぐにエミリーを引き寄せ、空いているほうの手が彼女の太股のところでスカートをつかんだ。夫はお互いをじらすように少しずつ裾を引きあげ、ようやく彼の指がめくりあげられたコットンの下の肌にたどり着いた。彼の手のひらが太股の裏側に触れ、捜し物を求めて上へとあがる。エミリーは息をのんだ。彼は探り当てたシルクのショーツをいっきに引き破った。エミリーはたちまち熱く濡（ぬ）れた。

親指が敏感なふくらみの上をするりとかすめ、エミリーの喉からすすり泣きが漏れた。硬いものでヒップを後ろから押され、腰を突きだしてくねらせる。懇願や哀願の言葉が唇からこぼれようと、夫はエミリーを容赦なく攻め立てた。まるで彼女を――ふたりを――快感の力のみで罰そうとするかのように。

彼女の潤いを絡めた指が奥へと分け入り、なめらかにこすれる感触にエミリーはぞくぞくした。彼に満たされたい。高みへと押しあげられて脚のあいだがうずいている。脈打つ場所をハビエルにそっとつままれ、彼女は悲鳴をあげた。壁についていた腕ががくりと落ち、ハビエルは彼女の体に腕を回して、反対の手でふたりの体を支えた。

快感の波頭が崩れ落ち、エミリーはわれを忘れた。炎の熱さと氷の冷たさを同時に感じて、彼女の体がわななく。渇望と欲求が血管をめぐり、純粋に本能的な感覚が体を支配した。触れられるたび、吐息をつくたび、容赦なく高みへと押しあげられていく。期待と興奮に全身が熱を発し、つま先と指に甘いしびれが走って息を止め……そしてエミリーは快感に溺れた。

悦びの波が次々に押し寄せた。ハビエルは彼女に触れるのを決してやめず、妻の体を駆けめぐり続ける歓喜に自分も悦びを見いだし続けている。ぐったりと垂れるエミリーの頭を彼の体が受け止めた。

夫の手はふたたびエミリーの太股からヒップへと回り、彼女をなだめながらその肌を粟立たせた。心臓がもう一度どきりと跳ねる。

「ハビエル――」

「しいっ。大丈夫だ。ぼくにまかせて」

彼が下へさがるのを感じ、振り返ろうとすると、ヒップを軽く叩かれ、エミリーは無言の命令を理解した。衝撃と悦びが生き物みたいに暴れて、次の絶頂へと彼女を駆り立てる。

「何を――」快感に濡れた悲鳴がその先を遮った。

ハビエルは壁に両手をつき、エミリーに脚を広げさせ、舌で彼女を探り当てた。

「だめよ……そこは……」力なく抵抗する声が途切れた。それは誰よりも親密な相手にだけ許されるキスだった。彼はエミリーをすすり、満たした。満足げなハビエルのうなり声が、脚のあわいを震わせる。彼女をあがめてハビエルがささやく言葉は、この罪深い行為とあまりにちぐはぐだった。ほてった胸は冷たい漆喰の壁に押し当てられてつぶれ、ひやりとする開放感が頂をなぶった。

ハビエルに腰を引っ張られ、開いた口に受け止められて、エミリーはふたたび悲鳴をあげた。片手が彼女の胸へとあがってきて頂を指に挟む一方で、脚のあいだには舌が侵入してくる。

エミリーは彼女の胸をつかんでいる手を握りしめ

た。夫にいたぶられている自分の胸に彼の手を押しつけて懇願する。入ってきて。一緒にのぼり詰めて。声に出してしまっただろうか。それでもいい。もう何もわからない。そのとき舌が離れ、夫が床から立ちあがるのを感じた。

「美しい人(カリーニョ)――」

「お願い、ハビエル」

もう我慢できない。無我夢中で後ろへ手を回してズボンのボタンをつかむと、夫は欲望に酔いしれた笑いを漏らして彼女の手を払いのけた。そのあと、ファスナーが引きおろされる小気味よい音が響いた。

背中に彼の体温を感じる。彼はエミリーにそっと脚を広げさせ、自分の求める場所へと妻の体を動かした。待ちきれずに高鳴る心臓が喉までせりあがり、止まってしまいそう。彼は顔を寄せると、妻のせいで自分はどんなに感じているのかをエロティックな言葉でささやきかけながら、陶然とするほどゆっくりと後ろから入ってきた。

漆喰の壁に額を預け、エミリーは無上の悦びに体をわななかせた。夫はささやくのをやめることなく彼女を奥まで満たし、どこまでが自分で、どこから彼なのかがわからなくなった。エミリーはずっと欠けていた何かを見つけた気がした。わたしは彼に包まれている。彼に覆われ、完全に所有されている。そしてそれを悦び、求め、もっとそうしてほしいと懇願している。

体を駆けめぐるこの原始的な欲求は、まるで妄執のようで、こんな感覚は初めてだった。わたしは奔放な生き物に変わってしまい、彼の手を、言葉を、体を、すべて自分のものにしたくてたまらない。彼が腰を動かしだした。はじめはゆっくりと、甘いため息と純粋な快感を引きだしていく。やがて想像を超えた官能に向かって急速にのぼり詰めていった。

夫の巧みな指がエミリーの脚のあいだに潜りこみ、

快感の火花をまき散らす。体の震えを止めることができない。彼は激しく突きあげ、動きを速めてエミリーをなおも次の高みへと押しあげていく。まだ準備ができていないはずなのに、次の呼吸よりそれを求めている。

切れ切れの吐息が、汗に濡れた肌がぶつかり合う音が、なまめかしい不協和音を奏でた。うなり声とあえぐ声、祈りの声と毒づく声がしだいに大きくなり、フィナーレを告げる咆哮とともに一緒に達した。その瞬間、ふたりは空中で砕け散り、地上へ舞い落ちながら、新たな何かに形を変えた。

ハビエルは目を開けるのを心底恐れた。自動車事故で実際に頭を強打し、これはすべて脳震盪が見せた幻想かもしれない。

気を引き締めて片目をそろそろと開ける。するとあのいまいましい陶器のオウムが見えた。あれを見てこうもうれしく思う日が来るとは。そのときエミリーが胸の中でくるりと向きを変え、彼の胸板に腕を滑らせて体をすり寄せた。全財産を賭けてもいい。いまたしかに、ぼくの胸はきゅっと締めつけられた。

「しいっ……」エミリーがささやく。

「ぼくは何も言っていない」

「頭が働いている音が聞こえるわ」

かぶりを振り、笑みを浮かべて見おろすと、エミリーはまぶたをぎゅっと閉じた。

「わたしは眠りたいの。やめてちょうだい」

だが、やめられない。彼の手はそのすべてを手のひらに、心に、そして魂に刻みこもうとするかのように、妻の裸身の上をさまよった。

「もう！　セックスはおしまい」あきれたふりをして背を向ける妻に、ハビエルは肋骨が痛くなるほど大笑いした。妻の肌はあたたかく、首のつけ根に顔をすり寄せてキスをせずにはいられない。「冗談で言ったんじゃないのよ、ハビエル」そう言いながらも彼の唇が近づきやすいよう首を傾ける。「それに、いますぐ何か食べないと気絶してしまいそう」

「心配無用だ、妻よ。きみの望みはすべてぼくが叶えよう」

ハビエルは満たされた眠りに落ちる前に妻を抱えて体を横たえたソファから起きあがった。

髪を手で梳きながら、無我夢中で妻を押しつけた壁から目をそむけた。また下半身が張り詰めるのはいまはまずい。エミリーとの愛の行為はいつもすばらしいが、あれはまったく別の何か、言い表すことは単純に不可能な、新しい何かだった。

ズボンをはいたが留め具はかけなかった。どうせいつまではいているかはわからないのだ。冷蔵庫から残り物をトレイに出しながら――コールドミート、トルティーヤ、オリーブにマンチェゴチーズ――いつまで仕事への復帰を先延ばしできるかを考えている自分に気がついた。

検査のためにマドリードへ戻ったとき、外科医局長は彼の記憶が奇跡的に回復したことを驚くよりも喜んだ。あとは地元の医師による最終検査を受けるだけで、それが二日後に控えている。しかしその先は？

意外だ。これまでぼくを仕事へと駆り立ててきた衝動がなぜか消えている。秘書から転送された、彼の意見や承認を要する数通のメールをチェックするとき以外、仕事のことは頭に浮かびもしなかった。電話は、選ばれた者だけが加入を許され、ハビエルもその会員である慈善団体の次の会合に関して、スヴァルディア国王であり友人でもあるアレクサンダーから一本受けただけだ。スヴァルディア王は、ハビエルが欠席してもオストロームでの催しに支障はないと請け合ってくれた。

彼はふと笑みを浮かべた。いまでは国王や億万長者とつき合いがあることをエミリーはどう思うだろう。この六年で多くが変わった、しかしエミリーとは最初にふたりを結びつけたものでいまも結びつけられている確信がある。だから、ハビエルは彼女と結ばれて満たされたあと、心に兆した考えへと立ち戻った。

必ずうまくいく。しかも容易に。彼は目下進行中のプロジェクトを頭の中で整理した。このプランを実行するには二週間もあればいい。だがより長期的な展望への欲求が心の片隅に引っかかっている。

宵闇が落ちてブルーグレーの美しい空に月がのぼり、中庭(パティオ)の上に広がるキャンバスを星々が彩り始めたが、日中の日差しを避けてテーブルの下に置かれたアイスペールにはまだシャンパンが残っていた。

キッチンからグラスをふたつ取ってきてパティオへ戻ると、エミリーが手すりに寄りかかり峡谷を眺めていた。シャワーを浴びたのだろう、毛先が少し濡れている。着ている彼のシャツは大きすぎて、エミリーの体はすっぽりと覆われている。体の線があらわになっていたら、一時間前にふたりがいた場所へと連れ戻すよう誘惑されていたところだ。それを想像するだけで体が脈打ち、あきれるほどあっという間に股間のものが硬くなった。

なんと生々しく原始的な欲望か。

ふたりのあいだにはつねに、この飽くことを知らない欲望があった。だがこれほどの肉欲に駆られたことはない。はじめは驚いた。エミリーを怖がらせ、おびえさせるのを心配したが、妻は彼の渇望を歓迎し、体で応えたばかりか、さらに求めた。ハビエルは妻のそんな反応が誇らしかった。そしてもう一度最初から妻を悦ばせる準備はできている。

彼の考えを察知したのか、エミリーは目を細くしてじろりと彼を見た。ハビエルは肩をすくめて微笑(ほほえ)んだ。「きみのせいだ、美しい人(カリーニョ)」

グラスにシャンパンを注いで彼女に歩み寄り、そのうなじにキスをした。ついさっきふたりが交わした営みをまねるように彼女の背中から手を回し、グラスを差しだす。

「今度はきみの頭が働いている音が聞こえるぞ。何を考えているんだ？」

エミリーはグラスを受け取った。彼のダークブラウンの瞳を見つめ、そのまなざしにほっとした。

「ずっとこのままでいられたらと考えていたの」

「それならずっとこのままでいればいい。旅に出ないか？」

「旅に？」そう繰り返し、夫がエミリーの言葉を取り違えているのをごまかす時間を稼いだ。心変わりはしていない。本気でここに残ろうと考えているし、結婚生活をやり直したい。離婚のことを考えると胃がぎゅっとなり、舌にいやな味が広がる。だけど、また前と同じことの繰り返しになる気がしてならない。時間をかけてじっくり考えることも、話し合うこともなく、速断しているようで。

けれど、マリアナの大きなおなかを見たときの気持ちに気づかないふりもできなかった。マリアナはまぶしいほど輝いていた。夫婦でこの世にもたらす命により、サンティへと、ふたりの未来へと、愛の絆で結びつけられて。それがうらやましかった。わたしもおなかに子どもがほしい。ふと気づくとそう願っていた。ハビエルも子どもがいれば、いつの日か母みたいにわたしに飽きることはないのかもしれない。いつの日か別の何かや誰かを愛するようになり、ひとり残されたわたしが、今度は何を間違えてしまったのとふたたび煩悶することも。

「ああ」ハビエルは彼女の思いに気づくことなくテーブルへと導いた。エミリーを見つめたまま腰をおろして、膝の上へと引き寄せる。「どこかへ行こう。

どこか邪魔の入らないところへ。どこか――」いくらそうしても満足できないように彼女のうなじに顔をすり寄せる。「きみとの約束をすべて果たせる場所へ」

震えが走って脚のあいだがふたたび奔放にうずきだした。頭と心に欲望の靄がかかる。「どこへ？」うわの空で尋ねた。わたしのプロジェクト、それにわたしが不在のあいだに積みあがっている仕事はどうなるのだろう。

「イスタンブールだ」

胸がきゅんとした。夫は覚えていてくれた。ずっと覚えていてくれたのだ。

「ハネムーンで行くはずだったわね」その言葉は少し悲しげに響いた。

「サンティの映画に投資した分を埋め合わせられるように、いつも以上に働いていたんだ」ハビエルは彼女の頬を手のひらに包みこみ、その目をじっと見つめた。「そのことは深く後悔している。だから今度はきちんとやりたい。贅のかぎりを尽くして！」

そう宣言する夫に、エミリーの心はまるで炭酸のようにはじけた。深い切望は否みようがなく、彼女は自分でも驚いた。「最高級のホテルに滞在し、最高に豪華な旅にする！」

「その必要はないわ、あなたさえいればわたしはいいの」エミリーを見つめるダークブラウンの瞳に少しだけ自分を見失いかけながら言った。「でもイスタンブールへは行きたい」心からそう思う。仕事はきっとどうにかなる。心の奥で無言の警告が静かに響くのをエミリーは無視した。「でもディアブラはどうするの？」この新たな責任を放棄することはできない。

ハビエルは眉根を寄せて肩をすくめた。「もちろん連れていくよ」

エミリーは思わず大笑いした。「連れていくなんて無理でしょう」彼は頭がどうかしたの？　ここへ引き取られてきた最初の二日間で少なくとも六千ユーロ分の服や家具をぼろぼろにした猫を連れていこうなんて。

「無理じゃないさ」断言するハビエルを見て、エミリーは思い直した。そうね、彼ならきっと無理じゃない。

11

それからの数日は、まるでエミリーとハビエルのあいだで炸裂する感情と情熱のようにめまぐるしく過ぎていった。ふたりはお互いの手を放すことさえなかなかできず、つき合い始めたばかりの頃を思いだして、エミリーは若返った幸せな気分を楽しんだ。

ハビエルはタブレットを持ってきて、旅行プランを見せてくれた。彼のプライベートジェットでイスタンブールへ直行し、ボスポラス海峡を望む会員制クラブに滞在する。そこはかつてとある王が所有していた場所で、画面にはエミリーがこれまでに見たこともない壮麗な光景が広がっていた。彫刻が美しい木製ベッド、アルハンブラを彷彿とさせる精緻なタイルとモザイクには金箔（きんぱく）と大理石、それに豊かな色のクルミ材が使われている。エミリーはデザイナー魂に火がつき、タブレットを奪い取って画像にかじりつきそうになる自分を止めなくてはならなかった。ハビエルはただ笑い、すぐに実物を見られると言った。

三日間滞在したあとは、プリンシズ諸島へ移動する。そこで彼がレンタルしたオスマン帝国調の巨大な別荘（ヴィラ）はエミリーには宮殿のように見えた。スタッフとシェフが常駐し、プライベートビーチの水はまるでターコイズを水に溶かしたような色だ。こんな景色、見たことがない。

衝撃が顔に出ていたのだろう、大丈夫かとハビエルに問いかけられた。

「ハビエル、冗談じゃなくて、あなたはいったいどれだけお金を持っているの？」

エミリーの真剣な声の響きに気がつき、ハビエルは彼女を見つめた。「五、六回生まれ変わっても使いきれないくらいの額だ」

「十億ユーロ以上ってこと？」

「はるかに多い」

「わたしたちが旅行へ出かけているあいだ、その十億は……放っておいて大丈夫なの？」

彼は笑った。「優秀なスタッフがいるからね。彼らを信頼している」

「そう……」その朝、自分のスタッフにかけた電話を思い返してエミリーはつぶやいた。

その後ハビエルは最終検査へ出かけ、エミリーは中庭（パティオ）に残って、突然の慌ただしさにぴりぴりするディアブラを撫（な）でてやった。手のひらに頭をこすりつけてくる猫を抱えあげて膝にのせる。本当は、慰めを必要としているのはエミリーも一緒だ。

その朝ロンドンへかけた電話のことが胸にわだかまっていた。もちろんオフィスマネージャーもスタッフも彼女の幸せを喜んでくれたが、失望をあらわにもした。サンアントニオのクライアントからスケジュールを早めるよう求められたため、再度現場を訪れ、作業を短縮する必要が出てきた。スタッフに異存はないものの、彼らはエミリーを求めていた。それも来週中に。そしてエミリーはそれに応じることができなかった。ハビエルとの結婚生活を修復したいし、ハネムーンにも行きたい。イスタンブールが見せてくれるあらゆる美をこの目に焼きつけたい。フリヒリアナへ戻るまでは意識していなかったが、いまは想像力を磨くためにいろいろ吸収したい。少なくとも自分にはそう言い聞かせている。わたしがいま本当にやりたいのは、自分の創造力を養うことと、ハビエルとの結婚生活にしかるべき時間と労力を注ぐことだ。

そのためならサンアントニオのクライアントを犠牲にしてもかまわない。わたしもスタッフもすでに無理をしすぎているのだから、いまいるクライアントを大切にしてこれ以上手を広げるのはやめよう。オフィスマネージャーはエミリーを説得しようとしたが、彼女の意志は変わらなかった。自分自身とこの結婚のためにやるべきことをやっている。たとえなじみのある不安感がなぜか残りはしても。

ディアブラのしっぽが脚にトントンと当たり、エミリーは頬をゆるめた。撫でてやると、猫は愛情たっぷりの顔を向けた。そこへ玄関ドアを勢いよく開けてハビエルが帰宅し、〝晴れて自由の身だ！〟とフリヒリアナ中に宣言した。

「シャンパンだ」

「また？」エミリーは笑いだした。

「シャンパン風呂に入るところだぞ、きみが六年前に浴槽を取り払ってしまわなければ」

「あれは正しいリノベーションだったわ」

「だが、ぼくはいまも風呂が恋しい」

「プールがあるじゃない！」

「プールで体は洗わない」わざと怒ったような口調で言ってディアブラをエミリーの膝からおろし、彼女を引き寄せてキスを求める。おかえりなさいのキスは一瞬にして奔放なものへと変わった。

「このキスを最後まで味わい尽くしたいところだが、出発だ」

「出発？　どこへ？」

「イスタンブールに決まっているだろう。今夜、出かけるぞ！」

ハビエルは急いでいた。急ぎすぎていた。だが何か起こりそうな胸騒ぎが拭えなかった。普段は迷信深い人間ではないが、ただちにイスタンブールへ向けて発たなければ、その何かに追いつかれてふたりの暮らしが変わってしまう気がした。

だからハビエルには理解できなかった。妻は二週間分の着替えを入れたスーツケースひとつで来たはずなのに、なぜ荷造りにこうも時間がかかっているのか。寝室へ入ると、エミリーはズボンを掲げて眉根を寄せていた。

「どうしたんだ、女王様？」

妻はかぶりを振って彼を見あげた。「これから行く場所にふさわしい服がないわ。かつては宮殿だった場所へこれを着ていくわけにはいかないでしょう、ハビエル」シンプルなリネンのズボンを引っ張る。

「ダーリン、好きな服を持っていけばいい。だがこの旅行中、ぼくの妻は服を着ていない時間のほうが長くなるだろう」シルクのシーツに裸身を横たえ、トルコの午後の太陽に肌がブロンズ色の光沢をまとう妻を想像するだけで、最後はうめくような声になった。

エミリーは彼を追い払うしぐさをした。「まじめに言っているのよ。ショッピングへ行かなきゃ」

「きみが望むものはなんでも買おう……イスタンブールでね」服の山をスーツケースの中へ放りこむ。

「自分の服くらい買えるわ、ハビエル」妻の言葉には予期せぬ険があった。

「どうしたんだい、愛しい人（ミ・アモル）？」ハビエルはそっと自分のほうを向かせた。

「わたしはただ……急ぎすぎている気がするだけ」気まずそうに認める。「本当に今夜出発しなきゃだめなの？　もう少しあとにすれば、必要なものを買いそろえられるわ。服とか、化粧品とか、ディアブラのキャットフードとか？」

目元を隠そうとする彼女の顔に落ちかかる金色の髪を、ハビエルはそっと払った。

「エミリー、キャットフードなら検査帰りに買ってきた。だが――」彼女が遮ろうとするのを片手をあげて止める。「きみに時間が必要なら、そうしよう」

気持ちは急いでいたが、妻にいやな思いをさせたくない。

彼女はふうっと息を吐いた。金髪が一筋揺れる。「わたし、ひとりでばかみたいに騒いでいるわね」

「そんなことはない。ぼくこそ勝手に盛りあがってしまった。車はキャンセルしよう」

「いいの」エミリーは携帯電話を出そうとする彼の手を止めた。「行きたいわ。行きましょう！　だってわたしたちのハネムーンだもの」彼を引き寄せてキスをする。ふたりの笑い声はやがて熱に浮かされた吐息へと変わり、結局、車を二十分以上待たせた。

それからほどなくして、ハビエルは妻に続いてプライベートジェットのタラップをあがっていた。サングラスを外し、フリヒリアナから二十分の飛行場を吹き渡る風が、妻の体にサテンのトップスを張りつけるさまを楽しむ。

「じろじろ見ないで」妻が首をめぐらせて言い、ハビエルは大笑いした。

「いいや、やめるものか」妻の口に浮かんだ笑みに彼の心は躍った。彼はエミリーを招いて座らせた。

乗務員たちは手荷物をしまい、ひとりがディアブラのキャリーを細心の注意を払って積みこんだあと、離陸の準備に入った。電源を切ろうとポケットから取りだしたとき、彼の携帯電話が鳴りだした。

それを無視しなかったのは画面に表示された名前のせいだ。ハビエルは眉根を寄せて応答した。

「ガビー？」

「ああ、よかった、ハビエル」

「ガビー？　どうした？」

「ママが逆上してしまって」

胃がねじれた。これまで異父妹がそんな理由で電話をかけてきたことはなかった。

「何があった？」

大きく息を吸う音がしたあと、すすり泣きが始まり、そのあとは嗚咽と理解できない言葉が聞こえるばかりだ。

エミリーが心配顔で立ちあがった。「どうかしたの？」

「わからない。ガビーからだ。レナータが何かしたらしい」携帯電話へ注意を戻す。「ガビー？　聞こえるか？　息を吸うんだ」

エミリーは彼の厳しい声音に顔をしかめ、電話を渡すよう身振りで示した。妻が妹をなだめるのを聞き流しながら、しなければならない決断にハビエルは毒づいた。前回の電話を母が不問にするはずがなかったのだ。だがガビーが巻き添えを食らうとわかっていたら、もっと違ったやり方で対処していた。

エミリーの目を見ると、妻は彼のジレンマを理解してうなずいた。自分はたったいま取り返しのつかないことをしたのではないだろうか。そんな不安を振り払い、ハビエルは妻に背を向けて目的地をマドリードへ変更するようパイロットに告げに行った。

早くマドリードへ行かなくては。その気持ちはエミリーも一緒だった。ガビーはまともに話せない状態で、どんな慰めの言葉も届かなかった。

〝わたしが悪いの。あんなことをするべきじゃなかった……。何もしなければよかった〟

エミリーがどんなに尋ねても、ガビーはいったい何をしたのかを話そうとしなかった。レナータはハビエルの電話に出ず、そのことが彼を恐ろしいほど静かな怒りへと駆り立てているようだ。少なくともフライト時間は短かった。その間にエミリーはディアブラの世話を乗務員に頼み、ハビエルは迎えの車を手配した。ほどなくふたりはタラップをおり、サングラスにスーツ姿の男性に向かって歩いていた。

「エステバン」夫は驚きと喜びに目を輝かせたあと、決然とした表情になった。「元気そうだな」

「あなたはいかがですか？」運転手が問い返す。

「それに答えるのは母と話してからだ」

運転手はうなずいてふたりのためにドアを開け、自分も運転席へ戻った。

暗色で統一された優雅な車内に乗りこむと、エミリーは夫の手を取ろうとした。だが彼は避けるように体をずらした。

わざとじゃないわ。彼にとってはつらいときだもの。わがままはやめなさい。

それは子どものときに繰り返していた言葉で、母がスティーヴンばかりを見るようになり、自分が透明になった気がしたのを思いだした。ふたたび閉めだされたみたいで胸が痛みかけたとき、シートの上でふたりのあいだに置かれたままだった手をハビエルが取った。冷たい指できつく握りしめられ、その感触がエミリーをつなぎ止める。彼が手を握ってくれているんだもの、わたしは透明なんかじゃない。

夫へ目を向けると、顎がひくひくと引きつっている。全身から緊張感が伝わってきた。エミリーの手を握り潰さないようにするために、相当努力しているに違いない。

「ハビエル――」

「到着だ」車は開いた門を通過すると、石造りの噴水をぐるりと回り、巨大なトスカーナ風建築の屋敷の正面へ向かった。エミリーの中のデザイナーは、少なくとも寝室が十二室はあるその印象的な建物の特徴をすぐさまあげていった。背の高い二本のイトスギが玄関扉を挟みこみ、屋内の照明が残らず点灯しているかのように輝く窓は黒い枠に縁取られ、淡いピンクの漆喰塗りの外壁によく映える。ここへは来たことがなかった。義母とは数回会っただけで、会うのはつねに外だった。まるで家に嫁を招き入れたくないかのようだったけれど、たぶん実際にそうだったのだろう。


ハビエルは足早に段をあがって玄関の扉を叩いた。そのあとからゆっくりついていったエミリーの目に、扉を開けるガビーの姿が映った。

ひどい顔だ。何時間泣いていたのだろう、目は赤く腫れあがっている。だけど何より驚いたのは、そのまなざしに滲む苦痛と恐怖だった。長く美しいブラウンの髪はほつれ、背中を丸めたガビーはひどく無防備で小さく見えた。

「レナータはどこだ？」ハビエルがうなる。

ガビーが兄を止めようとするが、ハビエルは妹の手を振り払って屋敷の中へ突き進んだ。残されたエミリーはふたたび泣きだしたガビーを抱きしめた。

「ああ、ガビー」顔にかかった髪を払ってやる。

「いったい何があったの？」だが義妹は首を横に振るばかりだった。

堂々たる玄関ホールにまで大声が届くなり、ガビーは奥へと走り、エミリーもあとを追うしかなかった。リビングルームではレナータとハビエル、それにエミリーの知らない男性が三すくみになっていた。

　レナータはぐいと頭をそらすと、憎悪に満ちた目で言い放った。「その女を追いだしてちょうだい。二度と顔も見たくない」

　エミリーは一瞬、自分へ向けられた言葉かと思った。けれどもガビーの反応で、それが実の娘へ放たれた怒りだと気づいた。ガビーはくるりと踵(きびす)を返し、エミリーの腕の中へ逃げ戻ってきた。

「お笑いぐさだな」見知らぬ男が強いイギリス訛(なま)りで言う。「女スパイとして娘をぼくのもとへ送りこんでおきながら、今度は捨てるのか？」

「置いておく必要があって？」レナータが吐き捨てる。「売春婦も同然の娘を」

　レナータの無慈悲な誹謗(ひぼう)にエミリーは思わず息をのんだ。ガビーが平手打ちを食らったかのように体をびくりとさせる。いまがどういう状況であれ、これ以上ガビーをこんな目に遭わせる必要はない。ハビエルに目をやると、彼がうなずき返したので、エミリーは義妹を連れて車の中へ戻った。

「あんな言葉を真に受けてはだめよ。あなたのお母様は間違っている」

「いいえ、母が正しいの」義妹は青ざめた唇のあいだからささやいた。嗚咽は無言の涙へと変わり、エミリーは慰めの言葉を失った。

　ハビエルは無限の怒りに体を震わせた。

「これがきみのやり口か、カサス」見知らぬ男が言った。「許されることではないぞ。最低だ」

「きみは誰だ？」

　長身の男はレナータを見やってからハビエルへ目を戻した。「知らないのか？」

「知っていれば尋ねたりしない」

「レナータ、あなたは頭がどうかしている」男はハビエルの母親へ視線を向けた。「ぼくの弁護士に徹底的に調査させる。あなたのしたことが明るみに出たら……」脅迫の言葉にレナータの顔から血の気が引く。「彼女はきみの会社の株をぼくに売却しようとしていたんだ」

「〈カサス・テキスタイル〉の株を？」

「いいや。きみの会社の株だ。彼女はもう何カ月も前からきみ名義で取引をしていた。現在、〈カサス・テキスタイル〉の株はその五十パーセントがすでにぼくのものだ」

ハビエルのショックが顔に出たのだろう、男は怒りをやわらげてかぶりを振った。ポケットから名刺を取りだしてハビエルに渡す。

「また連絡する。きみたちは話し合う必要があるようだ」男は去っていった。

ハビエルは名刺を見もせずにポケットに押しこみ、レナータに向き直った。

母は開き直った顔だ。自分は何ひとつ間違っていないと考えているのだろう。息子のものはすべて自分のものであるかのようにふるまうのは昔からだ。ハビエルはかぶりを振った。母は本当に頭がどうかしている。

「そんな顔で見るのはおやめなさい。わたしはあなたの母親よ」

「ぼくの金がほしいときだけでしょう。何をしたんです？　ガビーにあんなことを言うなんてどういうつもりですか？」

「あれは事実よ。あの子は――」

「あなたがどう考えていようとどうでもいい、ガビーが何をしたかも。あなたは異常だ」

「よくもそんなことを――」

「自分がそれを言える立場だと？」ハビエルは正気を失ったように笑った。なんとか息を整えて言葉を口から押しだす。「あの男が訴訟を起こしても、ぼくはその邪魔はしない。ほかにも〝投資家〟がいるのなら、ぼくは彼らの支持に回る。ガビーについては、二度とあなたに会わせない。あなたがぼくとの、もしくはぼくと関係がある者との接触を試みたら、警察に通報する」

レナータは金切り声で笑った。「大げさな」

「ぼくは本気だ。悪いことは言わない、助けを求めることだ、レナータ」

母に背を向け、ガビーのバッグと携帯電話、そして財布をつかむためだけに足を止める。そして幸せなわが家だったことは一度もない屋敷をあとにし、車へ戻った。エミリーはまだすすり泣くガビーを抱きしめている。指示を出さずとも、エステバンは空港へと車を出した。

静まり返った後部座席で、妹の涙にハビエルの心臓はよじれた。エミリーがどれほど思いやりに満ちた目を向けようと、その痛みがやわらぐことはなかった。彼は車のドアに肘をついて拳を握りしめ、空港へ着くまでほぼ身動きひとつしなかった。エステバンが来るより先にドアを開け、エミリーとガビーに手を貸しプライベートジェットへと乗り換えさせる。

フリヒリアナへ戻るようパイロットに指示して客室へ戻ると、エミリーがガビーにブランケットをかけていた。妻は人差し指を唇に当て、ようやくガビーが眠ったことを伝えた。

彼は異父妹の小さな体を見つめた。なぜガビーをひとり残してレナータのお守りをさせた？　失敗などという言葉が近づくことさえできないほど、ビジネスで圧倒的な勝利を収めるために邁進し続けたあげく、ぼくは人生でもっとも根本的なところで失敗した。妹、それに妻……。だがそれはもう終わりだ。

ハビエルは頭の中で一線を引くと、離陸から着陸、そしてフリヒリアナのわが家へ到着するまでのあいだにプランを練った。

ガビーを客間に寝かせた頃には機内で始まった頭痛も楽になり、彼の決断は明確な形を成していた。グラスふたつとエミリーの好きなリオハワインのボトルを手に、物音をたてないようにしながらエミリーをパティオへ連れだした。

「すまなかった、女王様（ミ・レイナ）」ガビーを起こさないよう低い声でささやき、エミリーの手を取った。「イスタンブールがどれだけ意味があるのかはわかっている、きみにとって、ぼくたちにとって」急いで言い直す。

エミリーの微笑（ほほえ）みに、彼の胸を占めていた不安が軽くなった。「いいの。ガビーにはあなたが必要よ、お義母（かあ）さまにも……たくさんの助けが必要でしょう。だけどそれはあなたからじゃない。少なくとも、いまは」

ハビエルはうなずき、椅子に寄りかかって長い息を吐き、頭上に散らばる星々を見つめた。プランを話すんだ。自分にそう思いださせて身を乗りだし、太股に肘をついて彼女の手を握り直してから切りだした。

「きみが理解してくれてよかった。短期的には、それにおそらく長期的にも、マドリードへ移るほうがいいだろう。まずはぼくの弁護士にすべて調査させる」何ひとつ忘れている点がないよう頭を働かせて順序立て、先を続けた。「きみはガビーを支えてやってくれ。これからあの子には支援が必要になる。きみがここにいてくれて本当に助かるよ」愛情と頭の中のプランに目が曇り、ハビエルは自分の言葉がエミリーに与えたショックを見落とした。「ぼくたちは長いあいだ離ればなれだった。そしてぼくはいくつもの間違いを犯した。それはわかっている。だがきみを愛している。ああ（クリスト）、きみを愛しているんだ。いまのぼくに必要なのは、きみがここスペインでぼくの隣にいてくれることだ。簡単ではないだろう、だがそれが最善の——」

エミリーが彼の手から自分の手を引き抜いてようやく、ハビエルは言葉を切った。そして彼女が困惑した顔で見つめていることに気がついた。

「何を言っているの？」

「マドリードへの引っ越しだ。これからはそこで暮らす」

「先に話し合うものだと思っていたわ」彼女は半笑いしているが、その目はまったく笑っていない。

「話し合う必要なんてないだろう」

「わたしはあなたの妻よ。飼い猫じゃないわ」

「そんなことは言われなくてもわかっているさ。エミリー、いったいどうしたんだ？」

「あなたは何も変わっていない」エミリーは立ちあがり、首を横に振った。「うまくいくはずなかったのよ。大丈夫だと思ったわたしがばかだった」

12

ハビエルはエミリーが正気を失ったかのようにこちらを見ている。そうなのかもしれない。なぜ忘れていたのかわからないのだから。これが夫の本当の姿だということを忘れていた。

「何を言いたいんだ？」彼が微動だにせず問い返す。

ああ、こんなことのために大口のクライアントを逃してしまった。どれだけ自分を中心に世界が回っているのかに気づきもしない男性のために。

エミリーの手が震えだした。「わたしが言いたいのは……」ふたりのあいだを身振りで示す。「あなたとわたしのことよ。何も変わっていない。何もかもあなた自身とあなたが望むことばかり」

「違う、そんなことは――」

「わたしの会社は？　ロンドンにあるわたしのビジネスとわたしの人生は？」

　その夜初めて夫の目から表情が消えた。「それがどうかしたのか？」

「わたしと一緒にマドリードへ連れていくの？　ロンドンを拠点にしているスタッフ全員を？　それともわたしがすべてを手放し、あなたの家族の子守をするの？」

「そんな言い方はフェアじゃない」彼は怒って立ちあがり、手を払った。

「そうね」自分の言葉をすぐに後悔した。「ガビーには助けと支えが必要だわ。そのどちらもわたしは彼女に与えるのを惜しみはしない。だけどあなたはわたしが暇人だとでも思っているみたいね。わたしにもれっきとした仕事があるの、あなたと同じように」彼の冷笑がエミリーをいっそう怒らせる。「あなたほどの稼ぎはなくてもね。このために仕事をひとつ断ってしまったなんて、信じられない。ハビエル！　わからないの？　あなたが立てるプランやあなたの決断は、あなた自身とあなたの家族に関するものばかりだわ」

「エミリー、きみはぼくの妻だ。彼女たちはきみの家族でもある」その言葉はまるで非難のように彼女を打ち据えた。

　少しもうまくいかない。どうしてあっさり論破されるの？　エミリーの中で恐怖と後ろめたさと痛み、そして怒りが混ざり合う。まただ。またわたしは夫を中心に回り始めていた。なぜなら……彼を愛しているから。彼を心から愛している。だから彼のプランは最悪だった。わたしは喜んでそれを受け入れるのだから。彼がいるならどこへでも行く、ガビーを守るためならすべてをあきらめる。彼とともに家族のことに専念する。一から築きあげた自分の会社を手放してもいいとさえ思う。けれども恐怖が彼女を辛辣にし、冷静であれば決して口にしなかった言葉を吐きださせた。

「だったら、あなたはイギリスへ移ることができるの？　自分の帝国をロンドンから指揮できる？　ガビーを連れてみんなで向こうに腰を落ち着けられる？」

夫は視線をそらさずにいようとしたが最後は目をそむけ、それでわかった。わたしはそれだけの犠牲を払うに値しないのだ。

ハビエルはかぶりを振った。「きみはこれを待っていたんだろう？　言い訳が見つかるのを待っていたんだ。きみは昔からこの結婚に片足しか入れていなかった。いつでも出ていけるように。六年前からそうだ。自分の気持ちをぼくに話すことはいつでもできた。それなのにあのときさみはそうせず、いまも話そうとしない。またしても、ぼくのもとから去ろうとしている。きみには誠実さがないんだ」

「誠実さ？　あなたが求めているのは誠実さなの？」苦々しい笑い声をたてた。「教えてちょうだい。あなたがプランを立てたとき、わたしの仕事やロンドンでのわたしの生活のことを一度でも考えた？　未来に何を求めているのか、わたしと話すことを考えた？　考えるわけないわよね。なぜならあなたはそっくりだからよ、自分の――」エミリーははっと手で口を覆った。

「ぼくの、なんだ？」

「いいえ、そんなつもりじゃ――」

「ぼくの母親にそっくりだから、か」ハビエルはかぶりを振った。その目にはいまやなんの感情もない。「おかしなことだな。きみは自分の母親にそっくりだと非難されることはないだろう。本気でぼくを愛していたら、そんなことは口にできなかったはずだからな」

ふたりのあいだで交わされる痛みの応酬がエミリーの胸に深々と突き刺さった。「ハビエル、わたしは――」

「出ていってくれ」彼はドアへと手を振った。

エミリーは歩み寄り、彼を自分のほうへ向かせようとしたが、夫は岩のように動こうとしない。「ごめんなさい、ハビエル。あんなことを言うつもりは本当になかったの。あなたはお母様とは違う。昔も、いまも」

前へと回りこんでも、夫は心を閉ざし続けた。

「ハビエル、あなたはわたしが話をしようとしなかったと責めたわね。わたしはここにいて、あなたと話がしたい」結局、ふたりはこの結婚生活のサイクルを五分もかけずに頭からふたたび一巡したのだ。

情熱、献身、後退、そして沈黙。

最後の言葉が彼に届いたのかどうかはわからなかったが、長く苦しい静寂のあと、エミリーは彼を失ったのだと悟った。彼女が言いかけた言葉はあまりに生々しく、残酷で、ハビエルは母親と言い争った直後だった。エミリーの目に涙が溢れる。わたしはずっと恐れていた。母みたいに、ほかの誰かに尽くしたあげく、自分のない女性になることを。

エミリーが玄関の外へ出たところで、家の中から夫の足音が近づいてきた。引き留められるのだろうかと思ったとき、彼が言った。「エステバンがきみを空港まで送る」そして玄関ドアが閉められた。

ハビエルは中庭の段に腰をおろした。ディアブラが脚のあいだを縫って彼の手のひらに鼻を押しつけ、失ったものを嘆くかのように鳴き声をあげる。

いったい何が起きた？

昨日のできごとを頭の中で何度も振り返る。あんな短時間にどうしてすべてを失った？

エミリーは間違っている。ぼくは母とは似ても似つかない……だが自分でもわかる、ああならないよう心に決めたことで、折れることもプランを曲げることもない人間になったと。そうならなければならなかった。子ども時代のぼくはレナータの気分に振り回され、ぼくの暮らしは母親を中心に回っているようなものだったのだから。

エミリーの話がふと頭をよぎった。彼女の母親は、月が地球のまわりを回るように義父が世界の中心だと言っていた。エミリーの恐れていたことはそれだ。誰かのために自分を見失うこと。

その気持ちならわかる。だがエミリーはぼくのために自分を見失うことを恐れたのか？　彼女にそんな思いをさせていたとは……。

トルコへ行くために彼女が仕事をひとつ断念したことは知らなかった。エミリーのビジネスは一顧だにしていなかったのをいまは認めざるをえない——妻に自信と明るさ、そして一目置かれる力を与えてくれたビジネスのことを。ロンドンでの彼女の暮らしについては考えもせず、マドリードへの引っ越しを宣言した。母の過ちを正そうとするあまり、自分の妻を失望させた。最優先しなければならないただひとりの女性を。

頭を抱えこんで髪を握りしめ、峡谷から朝日がのぼるまでそのままでいた。

「ハビエル？」

エミリーが戻ってきたのかと一瞬思ったが、すぐにガビーだと気がついた。

「大丈夫か？」妹を振り返った。

「わたしもそう尋ねようとしていたところよ」

返事はせずに腕時計に目をやった。「こんなに早くからどうした？」

「ドアを引っ掻く音がしたの」肩にブランケットを巻きつけ、目はまだ赤く腫れぼったい。

ハビエルが腕をあげると、ガビーは隣に腰掛けて彼に寄りかかった。そしてふくらはぎにするりと体をすり寄せたディアブラに飛びあがった。

「何これ?!」

「ディアブラだ」ハビエルは猫をかばうようにすくいあげ、そっと撫でた。「彼女は――」

「毛がないわ！」

「スフィンクス・キャットという無毛種だ。あちこちたらい回しにされてきたが、とても人懐っこい」

彼の肩に頬ずりして甘えるディアブラに、ガビーはまあと声をあげた。

「ディアブラはエミリーを探しているんだろう」胸が締めつけられた。

「ここにいるんじゃないの？」ガビーが当惑する。

ハビエルは顔をしかめ、ゆうべのできごとを説明した。妹にここまで個人的な話をするのは初めてだった。心の裂け目がふさがることはないが、声に出すことで痛みは薄れた。

話を聞きながらガビーはコーヒーを淹れて簡単な朝食を作った。自分が無意識にぼくをいたわっていることに、妹は気づいているのだろうか。あの母親からこれほど愛情深く優しい子どもが生まれたのは奇跡だ。

「あとを追わないの？」ガビーはいまやその膝を陣取っているディアブラを撫でながら問いかけた。

ハビエルは峡谷へ視線を馳せた。答えは妻が家を出たときからわかっている。「追わない」

「どうして？」

「エミリーには自分の気持ちを知る必要があるからだ。ここへ戻るのなら、彼女が自分で決めなくてはならない。彼女に決めてほしいんだ。エミリーが二度とぼくのもとを去ることはないと知るために。ずっと――」両手を見つめ、峡谷へ視線を戻して告白した。「自分に言い聞かせてきた。彼女はぼくのもので、必ず戻ってくると、ぼくたちの結婚はうまくいくと。だが、それはぼくの望みだ。今度はエミリーがそう望む必要がある」

「彼女を愛しているの？」

「息ができなくなるほどに」

二カ月後

ロンドンの舗道を歩きながら、ティーンエイジャーの頃に流した涙がエミリーの脳裏をよぎった。彼女と電話で話をしているオフィスマネージャーは、ジェンズ邸を陽気な大家族用に二十人掛けのダイニングテーブルを設置できるよう改装するプロジェクトに関し、クライアントの要求を前倒しにする件を持ちだしていた。あそこは通学途中に氷で滑った場所だ。あれは、母がスティーヴンの用事でまたも授業参観を欠席したときに、気持ちを落ち着かせたくて座ったベンチ。エミリーの目には、学校の遠足のあと、スティーヴンが家に忘れた仕事のファイルを届けに行った母をずっと待っていた自分の姿が見えた。

「本当に連続で予定を入れるんですか？　夕方にはサンアントニオのプロジェクトで家具のプレゼンがあるんですよ。ジェンズ邸のほうは翌日に変更可能です」

「いいえ、両方とも一日で終わらせたいの。翌日はクライン邸用のインテリアを見に行くわ」

「大丈夫ですか、ボス？　仕事を増やすことにしたのは承知していますが、何もすべて引き受けなくても……」黙っているエミリーに、彼の言葉は途切れた。「予定を組みます」

「ありがとう。また明日」通話を終えて、エミリーは義父の家を見あげた。

この瞬間をできるかぎり先延ばしにしてきた。歯を食いしばり、ドアベルを鳴らす。昔からこの音が嫌いだった。そう思った瞬間、はっとした。母はスティーヴンと結婚してからのほうが、わたしとふたりだけで暮らしていた歳月よりもう長いのだ。指で絵の具を塗って笑っていた女性は、大失敗した料理で幼いエミリーを笑わせた女性は……日曜にキャメル色のカーディガンと膝丈のスカートで玄関に出てきた女性とは別人だ。

「ダーリン」母は明るいブルーの目元に皺を寄せ、娘を中へ通した。母のあとからダイニングテーブルへと向かうと、並べられた三つの皿のうち、すでにふたつは食べかけだった。

「ごめんなさい、遅かったかしら？」腕時計を見るとまだ十二時になったばかりだ。母はたしかに――。

「いいえ、わたしたちが先に食べ始めたのよ。スティーヴンが友人とゴルフへ行くことになって」

それで日曜の昼食をわたし抜きで食べ始めたのね。エミリーは唇を噛んだ。自分は大人で、会社を経営するビジネスウーマンで、妻でさえある。だからこんなふうに傷つくべきではないとわかっている。でも、深く傷ついた。

「お皿をちょうだい。料理をよそうわ」いまは食べ物のことを考えるだけで気分が悪くなりそうだったが、エミリーはうなずいた。母がローストチキンとポテト、ニンジン、豆をよそうあいだ、スティーヴンは残りのグレイビーソースをすべて自分の皿に盛りつけた。

「仕事はどう、ダーリン？　まだ街でのプロジェクトを手がけているの？」

曖昧な質問はすでに終わった複数のプロジェクトのどれにでも当てはまるが、言い返したくはなかった。これまで母に言い返したことはない。「ええ。順調よ。お母さんたちはどう？　今年の夏の予定は？」

こんなありきたりな質問、ハビエルなら笑っただろう。彼の声が聞こえてきそうだ。〝美しい人（カリーニョ）、もっとましなことをきいてくれないか？〟けれどもここではそんな必要はない。母は長々と答え、そのあいだじっくりスティーヴンを観察できた。

目を合わせないのは昔からの彼の癖だ。アイコンタクトが嫌いなのだと母に説明されたことがある。そして、そのとき気がついた。目を合わせてもらうことが自分にとってはどれほど不可欠なのかに。それは自分が相手に見えていて、声が届いていることの確認だった。だけどいまスティーヴンは母とも目を合わせようとせず、エミリーの胸の中で何かが渦を巻いた。

ハビエルならこんなことはない。ふたりで話しているとき、彼はわたしの目をしっかりとらえ、彼の注意が向けられているのを肌で感じることができる。何日も、何週間もわたしをひとりにしたかもしれないけれど、スティーヴンや母のように自分が透明になった気分にさせられることは一度もなかった。

夫がまるで会話に加わっていないことにも気づかずに、ひとりで彼の分までしゃべる母の姿に、エミリーはフォークを落としかけた。わたしたち夫婦もこうなるかもしれないなんて、どうして思ったの？　ハビエルへの愛ゆえに自分を見失い、母のようになるのを恐れるあまり、彼がスティーヴンとは似ても似つかないことを見落としていた。それに、ハビエルならわたしに自分を見失わせはしない。彼は情熱的で、劇的で、じっとしているときでさえそこにはエネルギーが、躍動感が存在する。彼を中心にしてただ回っていることなんてありえない。振り落とされないようしがみついているだけでも大変だ。そうよ、とエミリーは気がついた。これはふたり一緒の旅路だ。彼は自己中心的で頑固かもしれないけれど、利己的ではない。

たしかに彼はせっかちで気が早く、考えなしに行動することもある。でもあのときの彼の決断は自分のためではなく、ガビーにとっての最善を思ってのことだった。

楽な生き方を望むなら、ロンドンに残ることもできる。ビジネスは順調、いつの日かすてきな出会いも、すばらしい出会いさえきっとあるだろう。だけどハビエルのような人とは二度と出会えない。気難しくてお天気屋で頑固で……でも機知に富み、情熱的で、活気に溢れる彼のような人とは。たぶん、彼とは一日に一回は喧嘩をする。でもベッドの中では極上の愛の交歓を楽しむだろう。そこには情熱とスパイス、それに刺激と甘さがあり、自分の子ども相手に一方的な冷たい会話をすることは絶対にない。

いまならわかる、ハビエルのために自分を見失ったことは一度もないと。そうなりかけたことさえないい。それどころか、彼はわたしが自分自身を見つめて理解できる場所までゆっくり導いてくれた。プロジェクトに取り組んでいるときのように、エミリーは何かがカチリとはまるのを感じた。これだ。すべてを結びつけるもの。それは愛だった。熱烈で否定しようのない本物の愛。わたしの存在を消すどころか、高めてくれる愛。

「あなたはどうなの？　休暇中の予定は？」

「ええ」エミリーはナイフとフォークをおろした。「スペインへ行くわ」

ディアブラがハビエルの顔面を前足で引っ掻いた。幸い爪は引っこめているとはいえ、朝食をもらうまで彼を眠らせるつもりはないらしい。ハビエルはうめいた。ディアブラがニャアと声をあげる。引き分けということにしておくか。彼がベッドの上掛けを払いのけると、ディアブラはぴょんと飛びおり、階段からキッチンへと彼を先導しようとしたが、ハビエルはバスルームへ向かった。

「待ってくれ、ディアブラ」

猫がしつこく彼の脚のあいだで8の字を描くなか、鏡の前に立った。ようやく事故の痕跡が消えた。皮膚は健康的な色に戻り、医師たちからはもう問題ないと太鼓判を押された。目の下のくまと食欲不振、そして魂の痛みの理由はひとつだけだ。

髪を撫でつけて下着を脱ぎ捨て、シャワーのパワフルな水流の下へ入る。昨日ガビーはここを立ち去る前に、サンティかアレクサンダーに連絡することを彼に約束させた。スヴァルディア国王であるアレクサンダーとのつながりを知る者は少ないが、この二カ月でハビエルは妹に多くを話していた。

妹のこと、そして母が引き起こした被害に集中することで、妻が出ていった苦しみをまぎらせた。ガビーに心のサポートを得るよう強く勧めると、彼もカウンセリングを受けるのならと条件をつけられた。ふたりは週に一度若いカウンセラーと会い、自分たちの母親について話した。ガビーはそれとは別にひとりでカウンセリングも受け、知らず知らずのうちに兄妹の人生に忍びこんでいたダメージの修復に懸命に取り組んだ。

ハビエルにとっても容易ではなかった。妻を追わなかったことの次につらい経験だったと言えそうだ。だがカウンセラーは彼の力となり、彼女と話すことでハビエルも楽になった。

シャワーを止めて頭をぶるりと振ると、しぶきが飛んでディアブラはバスルームから逃げていった。これでよかったのだ。ビジネスを整理して六カ月間の休暇を取ったのは正しい判断だ。

六年前、みずからに課した過酷なペースを保つ必要はもはやなく、そうすることも不可能だった。ビジネスを縮小し、あとのことは秘書とマネージャーにまかせ、ハビエルは新たな視点から人生に順応していった。レナータと彼の子ども時代はあまりに多、くのことに影を落としていたせいで、彼は自分の古い行動パターンと同様に、新たな行動パターンを学んで、理解しなければならなかった。

そしてエミリーを追わなかったのは正しいことだったのだと、毎日自分に言い聞かせた。妻が戻ってくるのなら、それはぼくの気持ちではなく、妻自身の気持ちに従った結果でなくてはならない。彼女の望みだと、ぼくにわからせてほしい。ハビエルは自分にそう認めた。

階下で何かが壊れる音がした。ディアブラめ、今度は何をしたんだ。タオルを腰に巻いてワードローブへと行きかけたとき、またも大きな音がした。

ハビエルは警戒して階段へ向かった。家の中に誰かいる。足音を忍ばせて階段をおりた。居間から物音がしている。

窃盗犯から自分とわが家を守るべく、縦長の花瓶をつかんで振りかざした。オウムは盗まれてもかまわないが、ほかはそうはいかない。

角を曲がって真っ先に目に入ったのは、けばけばしいピンクの絵が二枚とも壁から外されている光景だった。一枚は床に置かれ、もう一枚は見当たらない。眉根を寄せてオウムをにらみつけていると、背後からの物音にハビエルの体は反射的に動いた。

振り返りざまに花瓶を――。

危ない（クリスト）！

花瓶で殴られる寸前にエミリーはさっとかがんだ。きゃあっとあがった悲鳴が彼の心臓を締めあげる。

「何をしているんだ？」ハビエルは叫んだ。「きみを殺すところだったぞ！」

エミリーは床にしゃがみこんでいる。「ごめんなさい、ごめんなさい」

「大丈夫か？」心臓発作を疑うほど彼の胸は激しく轟（とどろ）いていた。

エミリーは彼を見あげて青ざめた。「あなたは？」

「ぼくは大丈夫じゃない」かぶりを振りながら背を向け、花瓶を床におろす。妻に大けがをさせていたかもしれないことに動揺していた。

違う、違う、違うわ。こんなはずじゃなかったのに！　エミリーはかすかに震える脚で立ちあがった。

「本当にごめんなさい。わたしはただ……もとに戻そうとしていただけなの」

ハビエルが退院する前に行った悪趣味な模様替えをすべてもとに戻したかった。絵の片方をレンタルした小型のバンへ積みこみ、戻ってきたところで花瓶を振りかざすハビエルに遭遇した。

ハビエルは、彼女が三カ月近く前にそこへ置いた座り心地の悪い長椅子にどさりと座った。腰にタオルを巻いているだけで、髪はシャワーを浴びたあとらしくまだ濡れている。

「どうして家にいるの？　まだ仕事のはずでしょう？」ようやく息を吸いこんで尋ねた。

「仕事？」

「だってガビーが……」言葉が途切れ、ガビーにはめられたことにふたり同時に気がついた。

膝の力が抜けてエミリーは彼の隣に腰をおろした。すると、すかさずディアブラが彼女の膝に飛びのってきて、爪を引っこめた前足でトントンと叩いた。ゴロゴロと喉を鳴らして甘える姿があまりにかわいくて、エミリーはディアブラをすくいあげて抱きしめ、わたしも寂しかったわとささやいた。

ハビエルが片眉をつりあげてこちらを見ているのに気がつき、ディアブラを下へおろして彼に向き直る。

「ごめんなさい」

「いいんだ。ぼくを驚かせるつもりじゃなかったのはわかった」

ハビエルはエミリーの目を見ようとしなかった。

「そのことじゃないの。母に会ってきたわ」彼の返事を待った。やがてハビエルがうなずき、エミリーはそれを合図に先を続けた。「母とは……」小さな悲しい笑いを漏らした。「何ひとつ変わらなかった、ひとつのことだけをのぞいて」

夫が体をこわばらせるのがわかった。彼はじっと耳を傾けている。その集中力はひとつの愛の形なのだと不意に感じた。涙が目の奥を熱くする。気づくのにどうしてこんなに時間がかかってしまったの？

「あなたを愛しているわ。愛しているって言葉では足りないほど。あなたはスティーヴンとはまるで違うし、わたしが母のようになることは永遠にない。だって、あなたがいるもの。あなたはわたしに自分を見失わせたりしない。あなたがわたしに求めるのは、わたしが与えられるすべて。でもそのためには、わたしがここにいなければならない。ここにいれば、母みたいに自分を見失うことも、スティーヴンのような人に存在価値を奪われることもない。あなたはわたしのすべてなの。そしてそのためにわたしの存在が高まることはあっても、消えることはない。それに気づかなかった自分が信じられない。あなたにそのことを謝りたいの」

言葉は矢継ぎ早に飛びだすことはなく、ゆっくり順を追って口から出てきた。これですべての言葉が本心だと伝わるはず。どれだけ愛しているのかを彼にわかってもらわなくてはいけないのだから。

「あなたは……我慢ならない人だわ」彼がぎょっとして目を見開いたので、エミリーは微笑んだ。「これは事実よ、ハビエル。あなたを愛している、でもあなたにはいらいらさせられる。頑固だし、考えなしに行動するし、相談なしに決定をくだして、まわりを見ずに強引に突き進む。だけど、あなたは間違いなくわたしの最愛の人なの。そしてあなたがいないとわたしは完全になれない。あなたは情熱的でがむしゃらで骨が折れるけれど、そんなあなたをわたしは何ひとつ変えはしない。だってあなたは欠くことのできないわたしの半身だもの」涙が両方の頬を伝わった。「あなたを愛している、あなたがいないと胸が苦しい」

ハビエルがこちらを見つめている。その表情は読めなかった。エミリーは涙を拭った。スペインに降り立ってから、背中を押し続けていた希望の明かりが揺らいだ。

唇を噛みしめて震える脚で立ちあがると、涙が視界を曇らせた。自分自身にうなずきかけ、背を向けてドアへと足を踏みだす。すると、彼に手首をつかまれ、エミリーは静止した。振り返る勇気も、希望を抱く勇気もなかった。

「ぼくには我慢ならないと言ったな」ハビエルは彼女に自分のほうを向かせて引き寄せ、脚のあいだに立たせた。「きみの言うとおりだ。ぼくはおそらくこれからも頑固で利己的であり続けるだろう」

「そんなつもりじゃ――」

「最後まで言わせてくれ。ぼくは……自分を守るために自己中心的になる必要があった。だが、そうして自分を守る必要はもうないと学んでいるところだ。それでも、いまだにぼくは利己的だ。なぜならきみのすべてを求めているのだから。きみがいるからこの世界は意味を成す。きみのためにぼくは朝を迎え、夜はきみを求めてベッドへ向かう。きみが一千回去ろうと、ぼくはきみを待ち続ける」

「あなたのもとを去ることは二度とないわ」

「まだ話の途中だぞ」彼がそっとたしなめる。

エミリーは唇を噛んでうつむいた。けれど少しも後悔はしていない。

「きみは自分を見失うのを恐れていたんだろう？　恐れる必要はもうない。きみはここにいるのだから」ハビエルは自分の胸を指さした。「いつだって。

きみが自分を見つける必要があるときは、ここを探せばいい。きみの心の中にはぼくがいる。きみが求めようが求めまいが、そこがぼくの居場所だ。そしてぼくは、ずっとそこに居座り続ける。きみを心から愛している、エミリー・カサス。ぼくが利己的になったり、横暴すぎたり、きみをいらいらさせたりしたときは、ぼくをこづくと約束してほしい。そうしてくれたら、ぼくはきみの足元にひれ伏し、出ていかないでくれと懇願しよう」ハビエルは片膝をついて彼女の手を取った。「約束するよ、きみが愛を求める必要は二度とない」

エミリーも床にひざまずいた。彼の額に、頬に、唇にキスをする。「あなたがわたしを待つ必要も二度とないわ。だってわたしがあなたのそばを離れることは今後永遠にないんですもの。愛してる、あなたを愛しているわ」ハビエルの額に、頬に、唇にさらにキスをした。唇を重ねて愛を告白し合い、やがて涙は笑みに変わった。

それからの数週間で、ふたりは家をかつての姿へ戻した。オーク材の美しいテーブルからはクロスが取り払われ、リビングルームの絵画はエミリーのクライアントのインテリアに使われることになり、ディアブラにずたずたにされたカーテンはカットしてクッションカバーに変身した。エミリーはそれを天才的な発想だと宣言し、ハビエルは野暮ったいと言った。

エミリーはスペインの生活とロンドンの仕事をうまく両立させ、月に二度はロンドンへ戻り、必要なときはクライアントのために世界各地へ飛んだ。彼女のスタッフは一週間にわたるイベントのためにスペインまで足を運び、末永く続く友情と仕事上の関係を築いた。そのあいだハビエルはスタッフの手となり足となり、エミリーの仕事に関心を示し、実質的にチームの一員となった。

　ハビエルは仕事量の少ない暮らしになかなか慣れなかったものの、エミリーの出張に同行するようになると喜んでその暮らしを受け入れた。ガビーの短い訪問はエミリーの頭が追いつかないほどたくさんの知らせをもたらしたが、兄妹の絆が深まったのを目にして、エミリーは胸が熱くなった。ガビーが宿した新たな命はまた別の物語となるのだろう。

　エミリーの母親がいまだにフリヒリアナを訪れていないのは寂しかったけれど、新たな関係を望むのではなく、いままで築いてきた関係に満足することで、痛みは薄れた。ハビエルの腕の中にエミリーは安らぎと幸せを見いだし、愛を求める必要はもう二度となかった。

エピローグ

四カ月後

マドリードにあるマンション最上階の壮麗なペントハウスにはもみの木の濃厚な香りが充満し、ハビエルは窓を開けるぞと脅した。そんなことをしたら死刑にするわよとガビーが警告し、ディアブラが窓から落ちたらどうするのとエミリーに言われて、彼はようやく引きさがった。

　ハビエルは妻と初めてのクリスマスをフリヒリアナで祝いたかったが、エミリーと相談した結果、マドリードのほうがふさわしいと納得した。妹とトーレス一族全員を迎え入れる広さがあるうえに、新年を祝うのにスペインでいちばんの場所、太陽の門（プエルタ・デル・ソル）広場に近いのだ。

キッチンで忙しくしているエミリーとガビーにハビエルは目をやった。いまこそ最後の秘密のプレゼントを用意するチャンスだ。部屋を抜けだそうと背を向けた彼は、つりさげられていたヤドリギの枝に顔をぶつけた。くそっ（マルディート）、毒性があるのを知らないのか？　キッチンから聞こえてきたくすくす笑いからすると、妹は気にしていないらしい。

彼は室内を見まわした。マドリード一高級な超高層ビルの最上階にあるこの部屋は、かつてはクローム色と黒で統一された、最先端テクノロジー搭載の男の隠れ家だったが、妻のクリエイティブな才能によって、いまはサンタクロースの住まいへと様変わりしていた。

そこには本物のクリスマスがあった。ベルベットの赤いリボン、グリーンとゴールドのモール飾り、白い霜に覆われたガラス玉がありとあらゆる場所からさがっている。ここまで運びこむのに法外な料金がかかったクリスマスツリーはリビングルームの高い天井に届き、エミリーが天使の代わりに選んだ銀色の小さな猫の飾りを、やっとのことでてっぺんにのせられた。

ノルウェー産の大きな枝の下にはプレゼントの山ができていた。一時間後に到着する予定のサンティとマリアナ、ふたりの子どものサラとオスカルのためのプレゼントだ。ガビーと、そのおなかにいる子どものためのプレゼントもある。ハビエルは妹の選択を尊重し、本心では干渉したくてたまらないその件に、干渉しないと約束していた。

多くは彼の妻宛てのプレゼントだ。彼から、彼の妹から、ディアブラからのものまである。そしてツリーの下にはディアブラへのプレゼントもあった。どれだけサンティにからかわれようと、愛猫にもプレゼントは必要だ。

　ハビエルはこれまでクリスマスを楽しんだことがなかった。母との思い出はこの時期を苦々しいものにしていた。だが三週間前、スティーヴンと彼女の母親について、エミリーともう少し話をする機会があった。ふたりをスペインへ招くかどうか尋ねたのだが、ふたりはいつも彼女を置いて〝クリスマス・クルーズ〟へ出かけていると妻は言った。そのせいで妻が心に負った傷が見え、ハビエルはその日彼女に約束した。きみがクリスマスをひとりで過ごすことは二度とない、そしてふたりが初めて一緒に過ごす今年のクリスマスは最高のものになる、と。だからこそ彼はこっそり自分のオフィスへ向かい、妻へのサプライズプレゼントを準備しようとしているのだ。このプレゼントの前にはどんな贈り物も色褪(いろあ)せるに違いない。

　夫が何か企(たくら)んでいる。エミリーはぴんと来た。ガビーの微笑は義妹も同じことを察していると知らせていた。

「兄は誰にも負けないプレゼントを用意しようとしているみたいね」

「わたしには勝てないわ」エミリーは返した。夫がどんなものを用意しようと、わたしのプレゼントが絶対にいちばんだという自信がある。大皿にハム、チョリソー、豚の血の腸詰め(モルシージャ)、マンチェゴチーズを並べていった。メインディッシュはロブスター、小エビ、カニだけれど、最近エミリーはトゥロンと呼ばれる甘いヌガーに目がなかった。ものほしそうにちらりと見ると、ガビーはそれに気づいてほんの一瞬眉根を寄せた。食べ物の好みが変わった理由を義妹に推察される前に、エミリーは夫を探しに行った。

　オフィスのドアをそっと開けてのぞきこんだ。けれどもそれが間違いで、ディアブラがミャオと鳴きながら、細い隙間をすり抜けて大好きな飼い主のもとへと行ってしまった。

　ハビエルがぎょっとして振り返り、テーブルの上で包みかけのプレゼントを隠そうとした。

「ここで何をしている？　前菜（エントレメセス）の盛り合わせをガビーが手伝ってくれているんじゃなかったのか？」

「手伝ってもらっているわ」彼女を凝視する夫をエミリーは見つめ返した。彼にはいつも息をのんでしまう。その瞳には、わたし自身の瞳に宿る切望が映りこみ、いつまでも見つめていられる。

　エミリーは彼を椅子に座らせ、その膝にまたがるように腰をおろした。「妻（エスポサ）よ、そんな時間は……」夫は礼儀作法と欲望のあいだで引き裂かれているようだ。

「ないの？　あなたほど才能のある人が？」ズボンの中で硬くなりつつあるものへ、自分自身を押し当てる。

　ハビエルは彼女のうなじの髪をつかむと、そっと後ろへ引っ張って上を向かせ、彼女の唇をむさぼった。エミリーは甘い声を彼の口の中へと注ぎこんだ。あんなに時間をかけた口紅のことはもう頭にない。

　いま、わたしが目がないほど夢中になっているのはトゥロンだけじゃない。

　不意にキスがゆっくりになり、ハビエルは顔を引いて彼女の瞳を探った。いぶかしげに目を細めて集中している。彼が気づくのに時間はかからないだろう。「美しい人（カリーニョ）、今度は何を隠している？」

「秘密がひとつあるだけよ」彼の手を取って自分のおなかへと導いた。何より大切なこのクリスマス・プレゼントはおよそ七カ月後にお目見えする。

　ハビエルの目がまん丸になり、エミリーは思わず笑いだした。

「嘘（うそ）だろう！」

「本当よ」

「本当に？」聞き間違いを恐れるかのように重ねて尋ねる。

「ええ」彼女を抱えたまま椅子から立ちあがったハビエルに、エミリーは小さな悲鳴をあげた。夫は彼女を抱いてくるくると回り、ディアブラがダンスをするようにその脚のあいだを縫う。

「降参だ。二度ときみとは張り合わないぞ。きみのやり方はフェアじゃない」さらにキスをしてから、ハビエルが文句を言った。

「そうよ」エミリーは彼の下唇についた赤い口紅を親指で拭った。「だって、勝てばいいんですもの」

ところが夫は彼女の返事にうれしそうにしている。理由を尋ねると、彼はこう言った。「愛しい人（ミ・アモル）、きみの勝ちはぼくたちふたりの勝ちだ」

そこへサンティとマリアナ、そして子どもたちが到着し、放っておいたらもっと熱い行為へ進展していたであろうキスを邪魔されたが、ハビエルもエミリーも喜んで彼らを歓迎した。

その夜、ダイニングテーブルに腰掛ける面々を見まわし、エミリーはふと気がついた。この人たちはわたしの家族だ。血のつながりを超え、友情と選択とで築かれた絆（きずな）で結ばれた家族。キャンドルの明かりとクリスマスの魔法に包まれ、エミリーは夫を見つめた。これからどんなにたくさんのクリスマスを迎えても、今夜のことはふたりともきっと忘れないだろう。

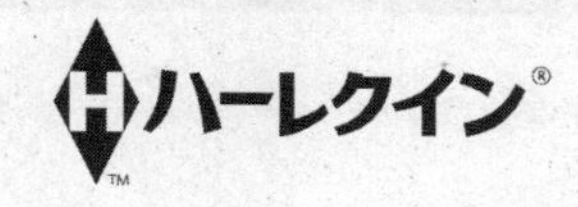

スペイン富豪の疎遠な愛妻

2025年3月20日発行

著　者	ピッパ・ロスコー
訳　者	日向由美（ひなた　ゆみ）
発行人	鈴木幸辰
発行所	株式会社ハーパーコリンズ・ジャパン 東京都千代田区大手町 1-5-1 電話 04-2951-2000（注文） 0570-008091（読者サービス係）
印刷・製本	大日本印刷株式会社 東京都新宿区市谷加賀町 1-1-1
表紙写真	© Tomas1111 ｜ Dreamstime.com

造本には十分注意しておりますが、乱丁（ページ順序の間違い）・落丁（本文の一部抜け落ち）がありました場合は、お取り替えいたします。ご面倒ですが、購入された書店名を明記の上、小社読者サービス係宛ご送付ください。送料小社負担にてお取り替えいたします。ただし、古書店で購入されたものについてはお取り替えできません。®とTMがついているものはHarlequin Enterprises ULCの登録商標です。

この書籍の本文は環境対応型の植物油インクを使用して印刷しています。

Printed in Japan © K.K. HarperCollins Japan 2025

ISBN978-4-596-72451-9 C0297

◆◆◆◆ハーレクイン・シリーズ 3月20日刊 発売中

ハーレクイン・ロマンス
愛の激しさを知る

消えた家政婦は愛し子を想う	アビー・グリーン／飯塚あい 訳	R-3953
君主と隠された小公子	カリー・アンソニー／森　未朝 訳	R-3954
トップセクレタリー《伝説の名作選》	アン・ウィール／松村和紀子 訳	R-3955
蝶の館《伝説の名作選》	サラ・クレイヴン／大沢　晶 訳	R-3956

ハーレクイン・イマージュ
ピュアな思いに満たされる

スペイン富豪の疎遠な愛妻	ピッパ・ロスコー／日向由美 訳	I-2843
秘密のハイランド・ベビー《至福の名作選》	アリソン・フレイザー／やまのまや 訳	I-2844

ハーレクイン・マスターピース
世界に愛された作家たち
～永久不滅の銘作コレクション～

さよならを告げぬ理由《ベティ・ニールズ・コレクション》	ベティ・ニールズ／小泉まや 訳	MP-114

ハーレクイン・プレゼンツ作家シリーズ別冊
魅惑のテーマが光る
極上セレクション

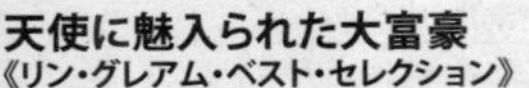

天使に魅入られた大富豪《リン・グレアム・ベスト・セレクション》	リン・グレアム／朝戸まり 訳	PB-405

ハーレクイン・スペシャル・アンソロジー
小さな愛のドラマを花束にして…

大富豪の甘い独占愛《スター作家傑作選》	リン・グレアム 他／山本みと 他 訳	HPA-68

文庫サイズ作品のご案内

◆ハーレクイン文庫・・・・・・・・・・・・・毎月1日刊行
◆ハーレクインSP文庫・・・・・・・・・・・毎月15日刊行
◆mirabooks・・・・・・・・・・・・・・・・・毎月15日刊行

※文庫コーナーでお求めください。

3月28日発売　ハーレクイン・シリーズ 4月5日刊

ハーレクイン・ロマンス　愛の激しさを知る

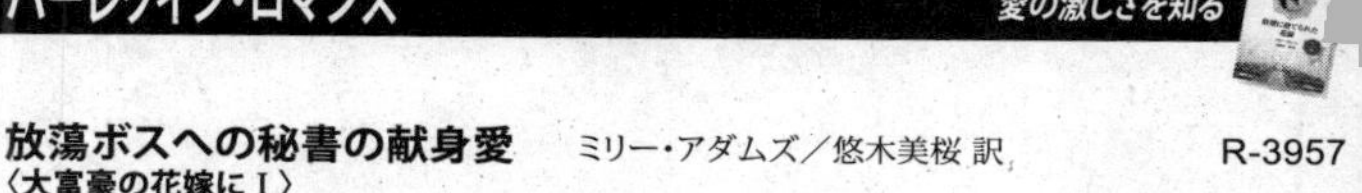

タイトル	著者／訳者	番号
放蕩ボスへの秘書の献身愛〈大富豪の花嫁にⅠ〉	ミリー・アダムズ／悠木美桜 訳	R-3957
城主とずぶ濡れのシンデレラ〈独身富豪の独占愛Ⅱ〉	ケイトリン・クルーズ／岬　一花 訳	R-3958
一夜の子のために《伝説の名作選》	マヤ・ブレイク／松本果蓮 訳	R-3959
愛することが怖くて《伝説の名作選》	リン・グレアム／西江璃子 訳	R-3960

ハーレクイン・イマージュ　ピュアな思いに満たされる

タイトル	著者／訳者	番号
スペイン大富豪の愛の子	ケイト・ハーディ／神鳥奈穂子 訳	I-2845
真実は言えない《至福の名作選》	レベッカ・ウインターズ／すなみ　翔 訳	I-2846

ハーレクイン・マスターピース　世界に愛された作家たち～永久不滅の銘作コレクション～

タイトル	著者／訳者	番号
億万長者の駆け引き《キャロル・モーティマー・コレクション》	キャロル・モーティマー／結城玲子 訳	MP-115

ハーレクイン・ヒストリカル・スペシャル　華やかなりし時代へ誘う

タイトル	著者／訳者	番号
公爵の手つかずの新妻	サラ・マロリー／藤倉詩音 訳	PHS-348
尼僧院から来た花嫁	デボラ・シモンズ／上木さよ子 訳	PHS-349

ハーレクイン・プレゼンツ作家シリーズ別冊　魅惑のテーマが光る極上セレクション

タイトル	著者／訳者	番号
最後の船旅《ハーレクイン・ロマンス・タイムマシン》	アン・ハンプソン／馬渕早苗 訳	PB-406

※予告なく発売日・刊行タイトルが変更になる場合がございます。ご了承ください。

花嫁の願いごと一つ

The Bride's Only Wish

ダイアナ・パーマー　アン・ハンプソン

必読！アン・ハンプソンの自伝的エッセイ＆全作品リストが巻末に！

ダイアナ・パーマーの
感動長編ヒストリカル
『淡い輝きにゆれて』他、
英国の大作家アン・ハンプソンの
誘拐ロマンスの
2話収録アンソロジー。

3/20刊

（PS-121）